EUX

Née en 1915 et décédée en 2001, Kay Dick était une journaliste, autrice et éditrice anglaise. Figure incontournable du monde littéraire londonien au milieu du XXe siècle, elle est devenue à vingt-six ans la première femme à diriger une maison d'édition en Angleterre et a publié notamment George Orwell.

KAY DICK

Eux

TRADUIT DE L'ANGLAIS (GRANDE-BRETAGNE)
PAR PATRICK IMBERT

LE LIVRE DE POCHE

Titre original :
THEY
Publié par Penguin Books, Londres, en 1977,
et par Faber & Faber Ltd, Londres, en 2022.

ISBN : 978-2-253-10702-6 – 1re publication LGF

À Judith Burnley et à Francis King.

Danger droit devant

Dans la lumière de début septembre, la maison de Karr semblait majestueuse. Elle était franchement splendide, en fait. Du toit, on avait une vue imprenable sur la mer. Karr m'avait invitée à monter pour que je me repère. Le paysage se refermait en triangle. À croire que Karr habitait sur une île ; un bout de terre émergée entre deux minces rivières, dont l'une s'élargissait pour se jeter dans la mer, l'autre évoquant un canal où dérivaient quelques cygnes. Un vaste panorama entre prairies et marais, ponctué çà et là de bosquets de hauts roseaux et de poches de sable. Un sanctuaire naturel pour les oiseaux ; le vol faisait, semblait-il, partie intrinsèque du paysage.

La maison de Karr était surélevée, protégée par un mur – une précaution contre les inondations. D'immenses hortensias, tenant plus de l'arbre que du buisson, s'enracinaient stratégiquement entre les pavés ovales de la terrasse ; des fleurs arborant différentes teintes de rose étincelaient sous le soleil d'automne, en une floraison abondante, insolente, orientée plein sud. Quand nous sommes descendus pour les admirer, j'ai compris que Karr en prenait soin au quotidien.

Elles vibraient de rituel et d'attention.

« J'aime ce contraste », ai-je commenté.

Karr a compris.

Il m'attendait sur le seuil de la maison, la porte ouverte, quand j'étais arrivée dans l'allée, après avoir traversé le petit bois, véritable oasis dans l'estuaire environnant.

« Ce bois a été planté il y a longtemps, m'avait-il lancé. Tu n'as pas eu trop de mal à trouver ?

— Au début, si, mais quand j'ai atteint l'ancienne chapelle des marins, j'ai su que je n'étais plus très loin.

— Tu y es entrée ? »

Je lui avais alors raconté ce que j'avais fait à l'intérieur de la chapelle : après avoir ouvert la Bible au hasard, j'avais fermé les yeux en posant le doigt sur une page. Le jeu de l'augure auquel jouent les enfants.

« Et tu es tombée sur quoi ? m'avait demandé Karr.

— Les Révélations[1], bien sûr ! » Je m'étais mise à rire, gênée. « "Me voici, j'entre comme un voleur."

— Tu as manqué le pavillon, derrière la chapelle, avait ajouté Karr. On ira plus tard. »

Les domestiques étaient discrets, je remarquais à peine leurs allées et venues. Le garçon, Jake, m'a présenté son chiot, un labrador noir qui lui arrivait au menton.

« Il s'appelle Omar, comme le poète, tu sais. »

Nous avons pris place au bas de l'escalier austère et nous nous sommes raconté des histoires, jusqu'à ce que Jake m'annonce qu'il était temps d'aller promener Omar.

J'ai rejoint Karr dans la bibliothèque. Les fenêtres donnaient sur la terrasse.

« Tu peux venir ici aussi souvent que tu le souhaites », m'a annoncé Karr. Il avait ouvert la fenêtre et levait les yeux vers le ciel. « Et si on allait voir Claire ? » a-t-il proposé.

Le rez-de-chaussée du pavillon avait été transformé en atelier. J'ai examiné la peinture que Claire venait à peine d'achever. Elle était jaune, entièrement jaune, toutes les variations, toutes les profondeurs du jaune. Presque insupportable.

1. Autre nom de l'Apocalypse. Citation extraite du chapitre XVI, verset 15. *(N.d.T.)*

J'ai quitté la pièce pour faire quelques pas sur l'herbe.

« C'est beau, n'est-ce pas ? a dit Karr.

— Douloureusement beau, oui. »

Je suis revenue dans l'atelier pour examiner à nouveau la peinture.

« Je peux te l'offrir, si elle te plaît, m'a lancé Claire.

— Pas encore. » J'étais inquiète. « Pas encore.

— Je dois te raccompagner ? m'a demandé Karr.

— Ça ira très bien, je pense. Je passerai par le pont du canal. »

Jake et Omar m'y attendaient. Ils ont agité la main, alors que je prenais la route côtière.

Loin vers la mer, le soleil chargeait l'horizon d'un ocre brûlé quand j'ai atteint mon cottage. J'ai ouvert les fenêtres, puis j'ai observé les rochers en contrebas, au pied de la falaise. La marée redescendait. Des mouettes planaient, prêtes pour leur dernière chasse du soir, alors que les vagues roulaient à nouveau vers la terre.

J'ai écrit deux lettres : l'une pour Karr, l'autre pour Claire. J'ai longé le sentier qui serpentait vers la plage, où j'ai ramassé d'autres galets troués dans les mares vertes, entre les rochers. Des petits crabes ont frétillé entre mes doigts. J'ai choisi trois pierres et les ai adressées à Jake.

Voici quelques sculptures marines, à toi de leur trouver un nom, ai-je écrit sur une feuille de papier bleu.

J'ai ensuite décidé de me rendre au village. Il n'y avait qu'un seul étranger, assis sur le banc, face à la jetée décrépite. Je suis passée devant lui à deux reprises, mais il n'a pas daigné regarder dans ma direction. Dans le magasin, j'ai entendu les nouvelles. « À Oxford, c'est les livres, maintenant... » J'ai acquiescé, comme si le sujet ne m'intéressait pas vraiment.

Tôt le lendemain, j'ai marché jusqu'à la plage, sous le soleil. J'ai mis à l'épreuve ma mémoire des poésies de Keats. Juste après midi, j'ai atteint l'estuaire. J'ai dérangé une colonie de papillons en remontant maladroitement la berge de la rivière. Jake et Omar m'attendaient au sommet. Tandis que nous retournions vers la maison de Karr, j'ai raconté une autre histoire à Jake, plus longue cette fois.

« Garth est arrivé, m'a informée Karr. Il a apporté son piano.

— À la chapelle ? ai-je demandé.

— Oui, il s'est installé là pour mieux se souvenir. » Karr s'est arrêté d'un coup. Il a scruté la rivière avec ses Zeiss Telita. « Tu aurais mieux fait de rester cette nuit », a-t-il dit.

Après le déjeuner, j'ai ouvert la porte de la chapelle. Garth était assis au piano, le regard rivé sur les touches.

« Je devrais arriver à me souvenir de tout, a-t-il affirmé.

— Avec le temps, oui », ai-je répondu, avant de ressortir.

J'ai intercepté Jake qui rejoignait Garth.

« Il se souvient, l'ai-je arrêté. Plus tard. »

Main dans la main, nous avons gagné le pavillon. Omar poursuivait une bestiole qu'il avait flairée dans le bois.

« Ça ne te dérange pas du tout, n'est-ce pas ? ai-je demandé à Claire.

— Je n'ai pas le temps de m'en préoccuper », a-t-elle répondu avant de se remettre à sa peinture.

Jake l'observait avec attention.

« Tu viens chez Karr, ce soir ? ai-je demandé.

— Je pense, oui. » Elle m'a regardée, puis m'a embrassée.

La toile qu'elle peignait était bleue, entièrement bleue, toutes les variations, toutes les profondeurs du bleu. Jake est sorti pleurer. Omar a léché ses larmes.

« Allons voir les poules d'eau », lui ai-je proposé.

Nous sommes retournés chez Karr en empruntant l'escalier qui donnait sur la terrasse. Deux domestiques servaient le thé.

« Nous jouerons aux échecs après dîner, a dit Karr, jusqu'à ce qu'ils aillent se coucher.

— Claire est amoureuse de Garth ? ai-je demandé.

— Ne sommes-nous pas tous amoureux ? »

Karr a souri à Jake.

« Ça doit être possible… ai-je commencé.

— De passer entre les gouttes ?

— C'est ce que je voulais dire, je suppose.

— Ils finiront par tous nous atteindre », a soupiré Karr.

Je suis allée à la bibliothèque et j'ai lu jusqu'au dîner. Jake m'a surveillée avec attention. Karr s'est occupé des hortensias.

Claire et Garth sont entrés, tout sourire. Il s'est souvenu, me suis-je dit, après avoir remarqué son regard combatif. Dès que Karr et moi entamerions une partie d'échecs, il irait faire l'amour à Claire au pavillon, avant de retourner à la chapelle jouer ce dont il se souvenait. Jake quitterait son lit pour se rendre à la chapelle comme un animal nocturne. Il ouvrirait la porte, la refermerait derrière lui, puis écouterait Garth avec attention. Je savais tout cela alors que nous attendions la nuit.

« Tu as un nouveau domestique, a dit Claire à Karr.

— Oui, ils l'ont envoyé. »

Karr ne semblait pas perturbé.

« Il fallait s'y attendre. » Garth paraissait troublé. « Dois-je m'en aller ?

— Il est impératif que tu restes », a répondu Karr.

Je me suis réveillée à l'aube, j'ai écrit un mot pour Garth, que j'ai glissé sous la porte de la chapelle. En retournant à mon cottage, j'ai vérifié mes souvenirs des ultimes romans de Henry James. Mon exemplaire de *Middlemarch* avait disparu de mon étagère. Je me suis assise dans le jardin, j'ai repensé à Garth qui tâchait de se souvenir de la musique, de Claire qui peignait, et j'ai cessé d'avoir peur. J'ai composé un poème pour Jake.

Claire est passée me voir dans l'après-midi. Elle tenait un panier de mûres cueillies en chemin. Entre deux bouchées, nous nous sommes récité des poèmes. Chacun d'entre eux contenait une partie de nos vies séparées.

« Je ne verrouille plus ma porte, ai-je dit. Ils m'ont pris un autre livre, hier soir.

— Oui, a enchaîné Claire. Ils sont de plus en plus actifs.

— Leur progression est plus lente, dans cette région.

— Un sniper occasionnel, s'est esclaffée Claire.

— L'*avant-garde*. »

Nous avons manqué mourir de rire.

« Garth a tout perdu d'un coup, a repris Claire. Toutes ses partitions d'un coup. C'est plus sournois, ici. »

J'ai osé demander ce que je souhaitais savoir par-dessus tout.

« La mémoire de Jake est suffisamment bonne ?

— Karr l'a bien entraîné, m'a assuré Claire.

— S'en rendront-ils compte ?

— Sans doute pas. » Elle a marqué un silence. « Je ne pense pas, en tout cas. Pas tout d'un coup. Avec un peu de chance, et du temps, ça pourrait aller.

— Et s'il s'épuise ? »

Il me fallait exprimer cette crainte.

— Pas à son âge. Ses cellules sont au maximum de leur réceptivité. »

Claire paraissait confiante.

Au moment de son départ, je lui ai offert le poème que j'avais écrit pour Jake. J'ai passé le lendemain à nager et à bronzer, gavant mon corps de sel et de soleil, pour reconstituer mes réserves. Ma paire de tennis accrochée à mon cou, j'ai barboté jusqu'à la digue, où le pêcheur attrapait des crevettes et des crabes, tandis que la marée regagnait les rochers.

« Hier, c'était Londres, a-t-il lancé. Ils pensent que ça prendra une semaine. »

J'ai mis mes lunettes de soleil.

« Belle pêche, ai-je commenté en hochant la tête devant son seau.

— Les petits salopards, a-t-il répondu. Ils grouillent sous les cailloux.

— Certains s'échappent », ai-je poursuivi alors qu'il changeait de mare.

Jake et Omar m'attendaient au cottage.

« Karr a dit que je pouvais dormir ici cette nuit. »

Nous avons nourri Omar.

« Ils sont venus quand j'attendais dehors. »

Jake semblait préoccupé.

Les poèmes de Shelley et les *Journaux* de Katherine Mansfield manquaient à l'appel. Ils étaient de plus en plus voraces, ai-je constaté. Alors que Jake expédiait son souper, je lui ai raconté une autre histoire.

« C'est quoi, un journal ? » a demandé Jake.

J'ai dormi profondément cette nuit-là. Ils ne venaient jamais s'il y avait quelqu'un dans la maison. Pour eux, toute confrontation n'était qu'un gaspillage d'énergie, un luxe inutile dont ils se passaient très bien. L'approche silencieuse était bien plus douloureuse à supporter ; c'était ça, leur punition. Ils ne prenaient des mesures plus sérieuses que si l'on dépassait la limite tolérée.

En traversant le pont du canal qui menait à la maison de Karr, nous avons croisé Garth.

« Le nouveau domestique de Karr, a-t-il dit. Il surveille Claire. »

La toile fraîche était verte, entièrement verte, toutes les variations, toutes les profondeurs du vert. Garth a tourné son visage vers le mur. Le domestique de Karr est parti. Claire a ri. J'étais prête à mourir pour elle.

Karr est entré.

« Ne sois pas trop courageuse, a-t-il lancé à Claire. C'est ostentatoire. »

Il a écarté Jake de la toile et l'a emmené au bois. Claire s'est assise en gémissant de douleur.

« Il faut rentrer à la maison, ai-je dit. Commander à déjeuner. Rassurer les domestiques. »

Sur le chemin, Claire a cueilli quelques roses tardives.

« Ils ont vidé la National Gallery, hier », m'a-t-elle informée.

L'après-midi, Claire est sortie avec Garth. Karr et moi sommes restés à la bibliothèque. Une autre façon d'aimer, en quelque sorte.

« Garth est imprudent, a commenté Karr. Le sexe le rend imprudent. »

Je suis sortie, j'ai effleuré les hortensias, je me suis assise sur le muret et j'ai contemplé l'estuaire. J'apercevais Jake qui faisait voler son cerf-volant. Omar bondissait autour de lui. Le nouveau domestique de Karr se tenait sur le pont et surveillait Jake. Un cygne a étiré son corps loin au-dessus de l'eau, avant de battre des ailes.

« Jake est en sécurité ? ai-je demandé.

— La sécurité n'a aucune importance, a répondu Karr.

— Mais s'il parle ?

— Ce sera comme un test. »

Il m'a fallu quatre jours pour surmonter ma panique. J'ai nettoyé mon cottage de fond en comble, j'ai creusé, planté, taillé mon jardin. Il me manquait cinq livres, dont l'autobiographie de John Stuart Mill. J'ai nettoyé la poussière dans l'espace laissé vide. Le lendemain, il a plu. Je me suis rendue au village et, sur le chemin, j'ai testé ma mémoire en me récitant des pièces de Tchekhov. Au café, une étrangère était attablée. Elle m'a demandé de lui passer le sucre. Garth est arrivé et s'est installé à mes côtés.

« Je ne pense qu'à Claire », m'a-t-il confié.

Je me suis levée et je suis partie. Garth m'a suivie dans la rue, jusqu'à la plage. Nous sommes rentrés au cottage en passant par le sentier côtier.

« Karr attend trop de Jake », a dit Garth.

Des mouettes criaillaient. La pluie nous criblait le visage. Au moment où nous remontions la pente vers le portail de mon jardin, je les ai aperçus quitter le cottage. À l'intérieur, un rayon entier de la bibliothèque était vide. Garth a tracé le nom de Mahler dans la poussière qui recouvrait le bois. J'ai passé la main par-dessus, avant de regarder vers la mer.

« On ira chez Karr dès qu'il cessera de pleuvoir », ai-je dit.

Garth a dormi sept heures. J'ai lu les sonnets de Shakespeare.

« La mémoire m'est revenue pendant mon sommeil, m'a annoncé Garth. Il faut que je trouve Jake. »

J'ai laissé Garth à la chapelle, puis je suis allée chez Karr, où je suis tombée sur Jake. Je l'ai envoyé retrouver Garth.

Karr et moi avons marché lentement vers le pavillon. Une mince brume, un brouillard marin, voilait le soleil.

« Ils ont rejoint la côte, a dit Karr. Tu pourrais rester ici.

— Ça ne me dérange pas de rentrer, ai-je répondu. J'ai surmonté ma panique. »

Claire travaillait sur une nouvelle toile. Elle était rouge, entièrement rouge, toutes les variations, toutes les profondeurs du rouge. Karr a serré Claire dans ses bras.

« Il ne m'en reste plus qu'une à peindre. »

Elle s'adressait plus à Karr qu'à moi.

« Tu pourrais en rester là », a soufflé Karr dans un moment de faiblesse.

Nous sommes rentrés à la maison, bras dessus bras dessous. La brume s'était dissipée, le soleil brillait sur les hortensias. Les domestiques ont sorti le champagne, nous avons emporté nos verres sur le muret de la terrasse. Garth et Jake sont arrivés en courant, suivis par Omar. Nous avons contemplé l'estuaire.

« J'ai choisi la toile jaune, Claire, ai-je annoncé. Je vais la rapporter chez moi.

— Il me reste encore la blanche à peindre, a-t-elle dit. Je m'en occupe ce soir.

— Ce serait idiot, a fait Karr.

— J'écrirai d'autres lettres », ai-je ajouté.

Nous avons tourné le dos à la maison, le regard vers la mer. Un chalutier quittait l'estuaire et gagnait la rivière.

« Je crois qu'ils ont fini, a dit Karr. On peut rentrer, maintenant. »

Il n'y avait plus de livres dans la bibliothèque. Nous avons arpenté lentement les autres pièces de la maison. Toutes les peintures avaient été retirées. Claire a caressé les espaces vides occupés jusqu'ici par les toiles. Les domestiques étaient partis.

Garth s'est précipité vers la porte d'entrée. Karr lui a crié de s'arrêter. Nous sommes retournés sur la terrasse où nous avons pris place sur les chaises de jardin. Jake lançait une balle à Omar. Garth est revenu. Il tremblait.

« Ils ont laissé les peintures de Claire, a-t-il annoncé.

— N'y retourne pas, a dit Karr à l'adresse de Claire.

— Il faut que je peigne la blanche, maintenant, a-t-elle répondu. Et Jake va m'accompagner. »

Quelques heures plus tard, Jake est revenu.

« Prends ton dîner et va directement te coucher », a dit Karr.

Nous nous sommes hâtés vers le pavillon. Un courlis cendré a piaillé. Nous les avons vus conduire Claire au chalutier amarré à la berge de la rivière.

« Que vont-ils lui faire ? ai-je demandé à Karr.

— L'aveugler, puis me la rendre, a-t-il répondu. Elle a dépassé la limite tolérée. Elle a persisté à peindre. »

Garth a couru vers eux.

« Et à lui ? ai-je demandé.

— Le rendre sourd, a répondu Karr.

— Et à moi, si… »

J'étais glacée.

« Ils t'amputeront les mains et te trancheront la langue. Tu ferais mieux de détruire les lettres que tu as écrites. On ne doit pas leur laisser la moindre occasion de nous coincer. » Il a marqué un temps. « Pense à Jake. »

Nous sommes allés dans l'atelier de Claire.

« Elle est toujours là », ai-je constaté en examinant la toile blanche, entièrement blanche, toutes les variations, toutes les profondeurs du blanc.

Les autres peintures avaient disparu.

« J'amènerai Jake la voir demain matin, a déclaré Karr, avant qu'ils reviennent la prendre.

— Elle est aussi blanche que le soleil quand on le regarde directement, ai-je lancé.

— On s'aveugle en regardant le soleil, a répondu Karr.

— Mon Dieu ! Claire le savait. Elle connaissait sa punition.

— Nous la connaissons tous, a enchaîné Karr. C'est la seule certitude qui nous reste. »

En rentrant à la maison, Karr a dit :

« Tous tes livres ont disparu, maintenant. Pas la peine d'y retourner.

— Il reste du papier et des crayons sous les lattes du plancher, ai-je répliqué.

— Ils doivent y rester, alors.

— Pour Jake ?

— Peut-être. Peut-être pas. » Karr s'est arrêté quelques instants. « Je lui trouverai un compagnon de son âge, au cas où.

— Au cas où ils s'en prendraient à Jake ? ai-je demandé.

— Oui, a répondu Karr. Il nous reste très peu de temps. »

Les visiteurs

J'ai été la première à les voir.

« Ce n'est pas impossible qu'ils nous ratent, avait dit Sandy. Nous n'offrons que très peu d'intérêt. »

Il était trop tard pour faire demi-tour. Je suis allée à leur rencontre, face au soleil. Ils étaient neuf, sur la plage. Le long des trois brise-lames, Sandy peignait son bateau. Huit d'entre eux s'étalaient sur le bardeau. Le neuvième était accroupi, le regard braqué sur Sandy. Mon chien leur a aboyé dessus. C'était le premier jour du printemps. Le soleil coulait sur la peau comme de l'eau tiède, et la mer immobile, argentée, s'incurvait à l'horizon. Un cormoran a plongé dans l'eau, avant d'en ressortir, presque avec légèreté. En passant devant eux, j'ai souri ; c'était la meilleure chose à faire. L'un d'eux s'est levé et s'est avancé dans les vagues jusqu'à la taille, tout habillé. L'une des filles a ri.

« Je passerai une autre couche demain. »

Sandy a tapoté son bateau.

« Tu pars ? ai-je demandé.

— Je ne préférerais pas. » Il a remballé son matériel. « Allons prendre le thé chez Judith. »

Berg travaillait au jardin d'hiver. Il a agité la main. La mère de Judith faisait une réussite dans son coin habituel, près de la fenêtre du salon. Les garçons fabriquaient un cerf-volant jaune et bleu. Sandy leur a proposé son aide. L'Italienne est arrivée avec un plateau à thé, suivie par Judith. Le chat siamois a craché vers mon chien.

« Trois d'entre eux sont venus à la porte de la cuisine, cet après-midi, a dit Judith. Le cuisinier leur a offert des gâteaux et des fruits.

— J'ai bien connu Yeats, a lancé la mère de Judith.

— On essaiera le cerf-volant demain. »

Le plus jeune des garçons l'a brandi à notre intention.

« J'espère qu'il marchera bien. » Judith était inquiète. « Ils pourraient aller ailleurs.

— Ils ne font sans doute que passer. »

Sandy semblait décontracté.

« Ils ont demandé au cuisinier combien de personnes vivaient ici. »

Judith était toujours aussi mal à l'aise.

« Vous formez une unité familiale. Ça devrait leur suffire. »

Sandy a accroché un autre cordon au cerf-volant.

« C'est vous deux qui m'inquiétez », a rétorqué Judith.

Le téléphone a sonné. Nous avons entendu Berg répondre. Les garçons sont sortis dans le jardin.

« Ils fouillent un peu, a dit Berg en rentrant dans la pièce. La technique habituelle. »

Vivre seule n'avait pas été facile, au début. L'acclimatation m'avait pris du temps. Mais une fois la situation admise, les bénéfices en valaient la peine. Il m'avait fallu des années pour comprendre comment en profiter. J'ai réfléchi à tout ça en regagnant mon cottage avec Sandy.

« Tu as toujours vécu seul, n'est-ce pas ? ai-je demandé.

— Oui. Des amis passent souvent. C'est stimulant, ça me pousse à continuer.

— On a besoin d'avoir du temps à soi, ai-je enchaîné.

— C'est essentiel. »

Sandy semblait sûr de lui.

Je savais très exactement ce qu'il entendait par là. Il n'y avait pas de vent, une soirée presque immobile. Le son possède une qualité intelligible, dans ces moments-là. Nous les avons entendus rire en nous approchant de la plage.

« J'envie Judith, parfois, ai-je lâché.

— La famille ? »

C'était plus un constat qu'une question.

« Oui, mais…

— Pas tout le temps, je crois.

— C'est bon de les savoir proches, disponibles.

— Pas envahissants. »

Sandy est resté dîner. Nous avons discuté jusqu'à une heure du matin.

« Tu n'es pas trop inquiète, hein ? a-t-il hésité.

— Pas du tout. » J'ai ri. « Et puis je peux toujours passer te voir.

— Ils agissent de façon arbitraire. Ils peuvent très bien partir demain matin. »

Sandy m'a souhaité une bonne nuit.

« Je crois que tu ferais mieux de rester chez nous quelques jours, m'a conseillé Judith, alors que je préparais le café, le lendemain matin.

— Ce serait céder à la panique, ai-je répondu.

— Il y en a d'autres, a poursuivi Judith. Qui arrivent, je veux dire. Berg a entendu dire que c'était catastrophique, à l'intérieur du pays. Aucun célibataire n'est épargné.

— Curieux. » J'essayais d'apparaître calme. « Ils ne sont pas si minutieux. Ils en oublient toujours quelques-uns. »

Dans l'après-midi, j'ai promené le chien, me rendant délibérément vers la plage. Autant ne pas trahir la moindre appréhension. Ils s'étaient déplacés un peu plus à l'ouest, plus près de Sandy, qui travaillait toujours sur son bateau. Je les ai salués de la tête en passant. L'un d'eux a lancé un galet dans la mer. Sandy m'a ramenée chez lui pour le thé.

« Ils ont laissé ça devant ma porte. »

Il m'a montré un crucifix en algues.

Il m'a conduite à son atelier. Nous avons admiré sa dernière sculpture de verre. Sa beauté m'a impressionnée.

J'ai posé la tête sur sa poitrine. Le tonnerre nous a pris par surprise. La lumière a baissé. Les éclairs ont cisaillé le ciel. L'orage a duré une heure.

« Ils vont être trempés, ai-je soufflé.

— Ils s'en moquent », a répondu Sandy.

Nous avons regardé la mer. Le soleil brillait à nouveau. De douces nuances rosées ombrageaient les vagues désormais calmes. Les brise-lames acquéraient une nouvelle dimension. La jetée inachevée était magnifique, comme un objet préhistorique d'une immense solidité. Un spectacle à couper le souffle. En rentrant chez moi, j'ai repéré une colonne de fumée sur la plage.

Je me suis occupée du jardin, jusqu'à ce que la lumière baisse. À l'intérieur, j'ai consulté une carte d'état-major de la côte. Au crayon rouge, j'ai tracé des croix aux endroits où ils avaient laissé leur marque. J'ai relié les croix à l'encre bleue. L'ensemble formait un cercle incomplet. J'ai terminé le cercle au crayon. Nous n'étions plus dans leur direction. En partie.

J'ai téléphoné à Sandy.

« Nous ne sommes pas dans leur cercle. »

Je lui ai relaté mes découvertes.

« N'oublie pas, les cercles commencent à l'intérieur d'autres cercles. »

Il semblait amusé.

« Tu veux dire que nous pourrions être au début d'un nouveau…

— C'est possible, sauf si…

— Si ?

— Sauf s'ils forment un groupe dissident. Ça arrive.

— Tu veux dire… indépendant ?

— Eh bien… » Il a ri. « Comme des célibataires qui opèrent ensemble, disons. Berg le saurait, lui. Il travaille sur l'étude sociologique de leurs schémas comportementaux. Pour la postérité, bien sûr.

— Ah oui, la postérité. Sandy… » J'ai repris d'un ton sec : « Qu'est-ce que tu entends par *célibataires* ?

— Eh bien… Berg dit que les célibataires dépossédés s'associent souvent.

— Pour tromper leur solitude ?

— Oui, ça leur simplifie la vie.

— Ils abandonnent ?

— Disons qu'ils abandonnent le fait d'être des célibataires actifs.

— Et toi, Sandy, tu abandonnerais ? »

Il s'est esclaffé à nouveau.

« Non, je suis un célibataire appliqué.

— Même si… »

J'avais peur d'en parler.

« Si tout est détruit ? » Il a relevé le gant. « La destruction n'a aucune importance. On peut toujours créer quelque chose de nouveau. »

Le peut-on vraiment ? me suis-je demandé en raccrochant le combiné, le regard posé sur mes livres. N'était-ce pas une façon de nous stimuler ? Sans ça, continuerait-on seulement ? À quel point comptions-nous sur les merveilles du passé ? Ça pouvait être un test, si la destruction arrivait pour de bon. Ils se montraient très méticuleux, une fois la cible désignée. Berg disait que leur passivité trahissait une forme de combustion interne qui jaillissait vers l'extérieur en actes précis. J'ai chassé ma panique grandissante et j'ai travaillé jusqu'à l'épuisement. Inutile d'être à l'affût du moindre bruit de pas. Ils ne portaient pas de chaussures.

Je prenais mon petit déjeuner dans le jardin quand Berg est arrivé. Je lui ai fait du café. Il a fumé l'un des Larrañagas qu'il réservait d'habitude pour l'après-midi. J'ai tenté de retarder les nouvelles que j'avais plus ou moins anticipées.

« Chez Sandy ? ai-je demandé. Quand ?

— Entre trois et quatre heures du matin, a répondu Berg.

— Sandy ?

— Il s'est battu.

— Seigneur Dieu ! »

J'ai resservi du café dans la tasse de Berg.

« À l'hôpital, a poursuivi Berg, ils lui ont frotté ses propres verres de lunettes sur les yeux. Je lui ai toujours dit qu'il était inutile de s'insurger. » Berg semblait contrarié. « Il vaut mieux s'en aller. Ils n'attaquent jamais, sauf si on leur résiste.

— Il faut y aller », ai-je décidé.

C'était l'atelier. Un chaos absolu. J'ai porté mon chien, au cas où il se blesserait sur des bouts de verre. L'acide de Sandy était répandu partout sur ses croquis. Un océan de galets de verre. Les bleus, rouges, jaunes et verts des œuvres de Sandy étaient écrabouillés. La palette d'un dément.

« Et si Sandy s'était installé chez moi, ou dans votre maison ? Ça ne serait pas arrivé ? » C'était une question pour Berg, même si je connaissais la réponse. « Pourquoi ?

— Ils considèrent le célibat comme une menace, a expliqué Berg. Ils craignent la vie solitaire… et l'envient, bien sûr.

— Mais ils se parlent à peine.

— Ils ont réduit leurs interactions au strict minimum, à tel point qu'ils peuvent à peine balbutier. »

Je me souvenais de leurs débuts. Une blague, pour les journaux. Plus personne n'écrivait sur eux, désormais. Trop dangereux. On risquait toujours de les croiser. Une menace potentielle avec laquelle il fallait composer.

« Combien sont-ils ? ai-je demandé à Berg.

— Plus d'un million. Bientôt deux, j'en ai peur. Impossible de le savoir précisément. » Berg a donné un coup de pied dans les éclats de verre. « Tu devrais épouser Sandy, a-t-il repris, ou du moins vivre avec lui. »

Judith m'a conduite à l'hôpital. Les yeux de Sandy étaient bandés. Ses mains aussi. Je lui ai fait la demande suggérée par Berg.

« Je ne suis pas arrivé jusqu'ici pour battre en retraite, a-t-il répondu.

— Cessez de vous obstiner. Tous les deux. » Judith était furieuse. « Fanfaronner ne sert à rien.

Vous pourriez continuer à travailler sans crainte en habitant ensemble.

— C'est une question de choix, a répliqué Sandy. Si on n'a plus le choix, on perd tout. »

Sur le chemin du retour, Judith a insisté.

« Tu dois te protéger. Si ce n'est pas ce groupe, ce sera un autre.

— Il existe toujours un danger, quelque part, ai-je dit. C'est la vie. Laisse-moi ici. Je vais marcher. J'ai besoin de réfléchir… seule. »

Près de la plage, j'ai croisé la mère de Judith.

« Je leur ai dit que j'avais connu Yeats », a-t-elle lancé en me dépassant, sans prendre le temps de s'arrêter.

J'ai levé les yeux vers le cerf-volant bleu et jaune que les garçons faisaient voler pour la première fois.

Ils étaient deux à m'attendre au portail du jardin. Mon chien a aboyé.

« Bon après-midi. »

Je leur ai souri.

« Vous êtes seule ? a demandé l'homme.

— Je vis avec mon chien, ai-je répondu.

— Jed, s'est-il présenté.

— Lou », a enchaîné sa compagne.

Je les ai invités à prendre le thé. Ils ont mangé du pain beurré au miel et du gâteau. Ils m'ont suivie partout dans le cottage en furetant à droite et à gauche. Je les ai conduits au jardin où je leur ai montré mes fleurs, mes arbustes et mes fruits. Ils n'ont rien dit. Mon chien avait cessé de leur aboyer dessus. Je leur ai offert une cigarette, qu'ils ont refusée. Ils se sont assis dans l'herbe et je suis rentrée pour laver le service à thé. Quand je suis ressortie, j'ai vu Jed enlever son collier en laiton et le passer au cou de mon chien. Il a resserré la chaîne. Je me suis retenue de courir vers eux, et je les ai rejoints calmement.

« Il vous fait confiance », ai-je dit.

Jed a relâché sa prise.

« Il faut que je le nourrisse. »

Je sentais la sueur dégouliner de mes aisselles. Jed a laissé sa chaîne sur le cou du chien.

Je suis retournée à la cuisine, suivie par le chien et Lou. J'ai coupé un peu de viande.

Lou m'a regardée la donner au chien.

« Je dois écrire quelques lettres », ai-je dit. Lou s'est assise par terre et m'a observée. À dix-neuf heures, j'ai demandé à Lou d'informer Jed que nous allions dîner. Ils m'ont regardée faire bouillir des œufs, préparer une salade et mettre la table. J'ai parlé de mon jardin tandis que nous mangions.

« J'aime les fleurs », a dit Lou.

Jed l'a giflée.

Après le dîner, j'ai disposé les pièces sur le plateau d'échecs. Jed et moi avons disputé trois parties. J'en ai perdu deux. Lou est sortie avec le chien, dans le jardin.

Berg est arrivé.

« Vous vivez ici ? a demandé Jed.

— Non », ai-je répondu d'un ton ferme.

Berg a fait une partie avec Jed. Elle s'est prolongée durant deux heures. Je me suis assise au jardin avec Lou. Je lui ai cueilli une longue tige de lilas blanc. Jed est sorti, il la lui a arrachée des mains et l'a jetée. Le chien a joué avec. Lou a craché au visage de Jed. Jed est retourné à sa partie d'échecs avec Berg. Elle s'est achevée par un nul.

« Je vais dormir ici cette nuit, si tu veux bien, m'a annoncé Berg.

— Merci, mais… » Je me suis éclairci la voix. « Lou et Jed restent ici, cette nuit.

— Très bien », a fait Jed.

Berg est parti. La mer charriait une vague odeur de poisson. Un indice de pluie.

« Je vais préparer des boissons chaudes », ai-je proposé, tandis que nous rentrions à l'intérieur et refermions la porte.

Lou a tiré les rideaux. Jed a déplacé la lampe pour qu'elle éclaire directement les rideaux. Mon chien a aboyé. Jed a posé la main sur sa gueule.

Je les ai sentis plus que je ne les ai entendus. Le portail du jardin a grincé quand ils l'ont ouvert. Jed a repoussé le chien vers moi. J'ai couvert sa tête avec mon sweater pour l'empêcher d'aboyer. Je les entendais, maintenant. Des pieds nus trempés, sur le chemin. Jed a empoigné Lou. Entre la lampe et le rideau de la fenêtre, il l'a tripotée en simulant un acte sexuel. Dehors, les bruits de pas humides ont cessé. Puis ça a recommencé. J'ai fermé les yeux, prête à entendre la porte s'ouvrir. Le portail du jardin a grincé à nouveau. Enfin, le silence. J'ai rouvert les yeux. Jed a repoussé Lou. Elle s'est affalée sur le canapé, où elle s'est endormie.

« Vous nous faites confiance », a lancé Jed en replaçant les pièces sur l'échiquier pour recommencer son match nul avec Berg.

Je me suis assise et je l'ai observé, écoutant la pluie qui recommençait.

Je me suis réveillée vers six heures. J'étais tout engourdie d'avoir dormi dans le fauteuil. Jed et Lou avaient disparu. Les rideaux étaient ouverts. Je suis sortie. Sur la table du jardin, des tiges de lilas formaient un cercle complet. Pour moi, pour l'instant, il y aurait un interlude de sécurité. J'ai couru à la plage, suivie par mon chien.

La mère de Judith effectuait sa promenade matinale habituelle. Elle s'est à moitié arrêtée en me croisant.

« Je les ai vus partir, a-t-elle entonné. Je leur ai dit que j'avais bien connu Yeats. »

Poche de calme

« Je suis venue de très loin pour te voir, ai-je informé Hurst. Je suis passée à Cumberland, mais tu étais parti.

— Je me suis dit qu'il fallait rentrer à la maison », a-t-il répondu en me conduisant vers le moulin.

Je me suis arrêtée sur le pont, et j'ai regardé l'eau entraîner la roue du moulin.

« Je suis très fatiguée, ai-je dit.

— Le bruit de l'eau t'aidera à dormir, cette nuit. »

Hurst a laissé la porte ouverte derrière nous. Au sol, les dalles rouges étaient fraîches sous les pieds. J'ai touché l'une des épaisses poutres en chêne. Toutes les fenêtres étaient ouvertes. Le soleil atteignait chaque recoin. Le thé était servi : des œufs à la coque, un rayon de miel.

« Elle est partout, n'est-ce pas ? »

La musique de *Die Schöne Müllerin* m'est venue à l'esprit.

Hurst a compris.

« Trois canaux s'entrecroisent. Le barrage borde un côté du jardin. Cette maison est presque une île.

— Espace et lumière, tu les laisses filtrer dans chaque pièce. » J'ai fait le tour du moulin aménagé de Hurst. Chaque pièce donnait sur une autre. « Et les échos, ai-je ajouté en entendant l'eau, dehors.

— Écoute, voilà le martin-pêcheur. »

Hurst a levé le menton vers la fenêtre.

J'ai aperçu le bref éclair d'une aile bleu-vert, une poitrine couleur de rouille.

Dans la galerie, les huit fenêtres laissaient voir les branches supérieures des arbres voisins. L'un des mandalas de Hurst pendait d'une poutre en bois, un mobile s'agitait dans la brise qui provenait de l'extérieur. J'ai gravi l'échelle.

« Il y a une autre façon de descendre, a annoncé Hurst. Toutes mes entrées sont des sorties. Une forme d'achèvement. »

J'appréciais ses dispositions.

« Et on voit chaque recoin du paysage. »

Hurst s'est esclaffé.

« Très utile, comme mirador. »

Au loin, j'ai aperçu de la fumée.

« Ils brûlent à nouveau, ai-je dit.

— Voilà pourquoi mon eau est utile. J'ai désormais un système anti-incendie efficace. Il s'active dès que j'effleure la touche de contrôle. Je ferais mieux de te montrer, par précaution.

— Ce sont les peintures de Julian, là ? »

J'ai désigné les murs.

« La plupart, oui. »

Le moulin appartenait à Hurst. Julian y avait vécu avec sa femme et les jumeaux pendant cinq ans. Après l'incendie, la femme de Julian avait emmené les enfants en Suisse. Hurst avait passé une année à voyager dans le pays, visitant ce qu'il appelait des poches de calme, des retraites pour ceux qui n'étaient pas consentants. Comme ce moulin.

« J'ai sauvé le bâtiment, mais je n'ai rien pu faire pour aider Julian. » Julian était le fils unique de Hurst. « J'ai installé mon atelier sur place. »

Nous sommes allés au jardin, sur le pont du premier canal. Un bloc de bois noirci traînait devant l'atelier. On y avait gravé le nom de Julian et son métier. Peintre. Il n'y avait ni date de naissance ni date de décès. Un bateau était amarré à l'une des rives du canal.

« Je m'occuperai de tes roses », ai-je dit. Il fallait planifier l'avenir. Tout renoncement jouait en leur faveur. L'inaction leur convenait. J'ai arpenté le jardin et je me suis hissée dans la cabane que Julian avait construite dans un arbre pour les jumeaux. À l'intérieur du moulin, Hurst a allumé la lumière. Du jardin, cerné par les eaux, en aurait dit un navire au port. J'ai senti qu'on m'observait de l'autre côté du barrage. J'ai agité la main vers le visage qui m'espionnait, appuyée sur l'une des fenêtres de la galerie désormais fermées. Puis j'ai repéré Hurst sur le pont.

« Qui d'autre est arrivé ? »

J'ai eu froid, d'un coup.

« Pour le moment, personne, a répondu Hurst, alors que nous rentrions.

— J'ai dû imaginer ce visage, lui ai-je expliqué.

— Le reflet d'une chouette, sans doute. »

Hurst paraissait calme.

« Hurst, ai-je lancé, déterminée à admettre ce que j'éprouvais. J'ai peur.

— Bien sûr, a-t-il répondu. Nous avons tous peur. Il faut vivre avec. Russell et Jane arrivent demain. Ils sont passés par Londres. Je dormirai dans la chambre en face de la tienne, cette nuit. Tu es épuisée. C'est la fatigue. »

Je suis allée dans le bureau où j'ai emprunté un Conrad pour la soirée. Tous les livres que j'avais possédés s'y trouvaient, et quelques milliers de plus. Une photographie de Julian trônait sur le bureau. Son visage juvénile et barbu souriait.

J'ai plus somnolé que dormi, cette nuit-là. J'avais ouvert les rideaux, mais les ténèbres menaçaient, dehors. Une sourde appréhension emplissait la pièce. J'entendais Hurst s'agiter. Un rayon de lumière est passé par la porte communicante. À l'aube, je me suis dit que ma tension intérieure, qui se relâchait enfin, était responsable de ces pénibles terreurs nocturnes. Des vestiges de l'enfance.

Russell est entré avec mon petit déjeuner.

« Jane dort. Nous sommes arrivés à cinq heures du matin. »

Il semblait plus jeune que dans mon souvenir.

« Mon cher, cher Russell, ai-je dit. Je suis si heureuse que tu aies réussi à venir.

— Je suis un type rusé, a-t-il souri. Je marche sur les braises, tu ne savais pas ?

— Non, s'il te plaît. »

J'ai fermé les yeux en me rappelant l'incendie. Je les avais regardés alors qu'ils s'occupaient méthodiquement de ma maison.

« Il ne faut jamais oublier, a poursuivi Russell. Ça trotte dans ma tête tout le temps. Comme ça, je suis perpétuellement sur mes gardes. Ça m'aide à réagir plus vite, si le danger est permanent. C'est quand on essaie d'oublier que les ennuis commencent. Ils viennent toujours à ce moment-là, quand on n'est pas vigilant.

— Tu veux dire que je dois me souvenir ?

— Dans les moindres détails. Ce que tu sais te protège. »

Alors que je redescendais en passant par la galerie, j'ai entendu Russell jouer du Bach sur le Blüthner droit de Hurst. Ce dernier est sorti de son atelier.

« Tu veux m'accompagner au village ? Je fais le tour des magasins. N'essaie pas de travailler pour l'instant. Laisse passer la fatigue. »

Posé sur une colline, le village offrait une vue sur toute la région boisée. Ce jour de septembre était merveilleusement chaud. Les gens ont salué Hurst tout le long de la rue principale.

« Pourquoi es-tu si connu ? ai-je demandé.

— Je suis le meunier, tu l'as oublié ? » Il m'a souri. « Symboliquement, bien sûr. Je détiens la force de vie, le grain. »

Une femme d'âge moyen marchait dans l'étang, dérangeant les canards. Elle s'est secouée comme un chien en émergeant de l'eau, avant de s'arrêter devant nous et de cracher sur Hurst. Il lui a donné un peu d'argent. Trois garçons l'ont suivie quelque temps pour se moquer d'elle, alors qu'elle zigzaguait vers l'église.

« Hurst, ce n'était pas… »

Je pouvais à peine parler.

« Si, c'était, a-t-il répondu. Les livres de ses enfants renfermaient trop de merveilles pour qu'ils la laissent tranquille.

— Nous aurions dû… »

Je savais à peine ce que nous aurions dû faire.

« Rien, a conclu Hurst. Elle loge à l'église avec quelques autres. Elle se rappelle très peu de choses, à part le feu, ce qui explique pourquoi elle marche dans l'étang chaque matin, pour éteindre ce qui lui reste de souvenirs. Elle n'a plus rien d'une menace pour eux, désormais. »

À notre retour, la scène qui nous attendait dans le jardin de Hurst nous était curieusement étrangère : un déjeuner préparé sur une table rectangulaire en bois. Une vue festive, comme un souvenir d'enfance.

« Oh, Jane ! l'ai-je accueillie, veillant à ne pas regarder son bras droit.

— Je réécris de la poésie. »

Sa voix était joyeuse.

« Elle se débrouille bien du bras gauche, maintenant. » Russell l'a embrassée. « J'ai vraiment une femme d'une incroyable intelligence.

— En fait, j'ai même l'impression que ma main gauche est un peu plus créative. »

C'était pure fanfaronnade.

Quand ils avaient jeté les poèmes de Jane dans le feu, elle avait instinctivement bondi en avant :

ils lui avaient maintenu le bras droit au-dessus des flammes pendant huit minutes. Russell avait agi différemment. « Vous oubliez ceci », avait-il dit en jetant sa fugue tout juste terminée dans le brasier.

Après le déjeuner, Hurst a proposé une promenade. J'étais d'humeur paresseuse, bien décidée à traînasser.

« Je m'occuperai du thé à votre retour », ai-je dit.

J'ai débarrassé la table, emportant le tout au moulin. J'ai fait la vaisselle, puis préparé le thé. Je suis allée me laver à l'étage. Ensuite, comme dans un rêve, j'ai erré dans les pièces du haut. Le moulin était doté d'une présence vivante. Tout était si beau. Chaque objet relié au suivant. J'étais curieusement consciente des livres, des peintures, de la musique, des frondaisons vues à travers chaque fenêtre. Elles étaient toutes ouvertes, le bruit liquide de l'eau envahissait mes tympans. Soudain, ça s'est abattu sur moi, une sueur froide et humide, d'abord aux épaules, puis le long de ma colonne vertébrale. Une menace invisible m'immobilisait. Mon dos a heurté l'une des fenêtres ouvertes. J'ai levé les yeux vers la galerie. Il n'y avait rien, là-haut. Puis j'ai entendu un craquement, au-dessus de ma tête. J'ai grimpé l'échelle. Une paralysie irréelle m'a fait hésiter avant d'entrer dans la chambre voisine. L'une des peintures était tombée. Je l'ai ramassée, puis je l'ai posée contre le mur. J'ai lentement vérifié toutes les autres pièces, avant de rejoindre la galerie par l'escalier. J'ai lutté pour ne pas me dépêcher. Je suis redescendue dans le jardin. Sur le pont, j'ai su qu'on m'avait suivie. J'ai observé chaque fenêtre. L'une d'elles était fermée. Je me suis assise sur un transat devant le moulin pendant une trentaine de minutes. Puis j'ai recouvré mon calme, je me suis rendue dans l'appentis, où j'ai trouvé les sécateurs, avant d'entamer la taille des rosiers.

Après dîner, nous avons emporté le café et le vin dans la galerie. Hurst a refermé toutes les fenêtres. Nous avons évoqué le bon vieux temps et nos amis en commun. Le bruit était si faible qu'au début j'ai cru l'avoir imaginé. Russell s'est levé, l'oreille tendue.

« Ils emportent le bateau, a-t-il expliqué. Ils font ça très souvent. Ensuite, ils le rapportent. Chaque fois, je fais en sorte de ne pas m'en rendre compte.

— Pourquoi ? ai-je demandé.

— Un rappel insignifiant de leur présence constante. » Hurst a jeté un coup d'œil dehors. « Oui, il n'est plus là. » Il s'est à moitié esclaffé. « Voilà qui nous garantit une nuit paisible.

— Mais c’est une maison très vaste, il y a beaucoup de pièces dans ce moulin. » Ma voix était faible.

« Toutes les trois heures, je vérifie chaque pièce, a dit Hurst.

— Ils le savent, non ? s’est enquise Jane.

— Ils s’attendent quand même à un minimum de vigilance, a répondu Hurst.

— Où est Russell ? »

Jane était inquiète.

Nous avons commencé à nous agiter. Hurst nous a arrêtées.

« Il faut le chercher ensemble. » Aucun d’entre nous n’a eu l’idée de crier son nom. En bas, nous avons trouvé la porte d’entrée ouverte. Russell se tenait sur le pont. Jane l’a rejoint en courant. Il l’a fermement serrée dans ses bras. « Tout va bien, a-t-il dit, juste une ombre projetée par le figuier.

— Hurst. » J’ai empoigné son bras. « Ne vaudrait-il pas mieux les affronter ?

— Il s’agit de survivre, pas de se suicider. » Il a souri. « Les poches de calme se multiplient. C’est la preuve d’une forme de résistance passive. Les effets s’accumulent.

— Aurons-nous la patience de tenir ? Sans parler de nos nerfs. »

J’étais proche de l’hystérie.

« On risque de ne pas tenir, en effet. Autant le faire avec créativité. Et il nous reste du temps.

— Nous maintenons des tombes en vie.

— Oui, des tombes pleines de trésors, comme ce moulin. » Son ton était presque suffisant. « Nous sommes des gardiens, si tu préfères. » Il a allumé sa pipe. « Je suis le meunier, n'oublie pas. Nous pouvons tous enrichir ce trésor, quel que soit le temps qui nous reste. Il est impossible de tout détruire. Il en restera un peu pour ceux qui viendront après nous.

— Je ne me sens pas courageuse à ce point, Hurst. Je préférerais résister, les affronter.

— Une perte d'énergie créative, a-t-il répliqué. Rappelle-toi ce qui s'est passé quand tu as résisté.

— Mais je ne les ai pas combattus. Je suis restée là, je les ai regardés tout détruire.

— Ils t'ont laissée partir. Tu as eu de la chance, Jane et Russell aussi. »

Je lui ai rappelé qu'ils n'avaient pas laissé Julian partir.

« Apprends à dominer la peur, a dit Hurst.

— Mais elle est partout. » J'étais tendue à craquer. « Dans ce moulin. Je sais qu'elle est là.

— Oui, elle est là. On peut vivre avec, cependant. Il le faut. Moi, j'y compte bien. Bon, allons refaire du café. »

Nous sommes rentrés pour nous installer dans la galerie.

« Demain, on se mettra tous au travail, a dit Jane. Tu te sentiras plus forte, tu verras.

— Je ne crois pas pouvoir retravailler », ai-je soupiré.

Puis je l'ai vu, il nous regardait depuis la galerie.

« Bonsoir, Hurst, a-t-il lancé en descendant l'échelle. Je vois que vous avez à nouveau des invités.

— Du café ? »

Hurst était un peu plus loin.

« Non, merci, je m'en vais. » Il a dévisagé chacun d'entre nous. « Je ne vais pas vous déranger. Simple inspection de routine. » Ses yeux se sont attardés sur le bras droit de Jane. « Vous êtes passée par Londres, à ce qu'on m'a dit.

— C'était sur notre route, oui. »

Russell parlait d'un ton égal.

« Une destruction malheureuse, bien sûr, mais nécessaire. Il faut rebâtir. Un style plus ouvert, cette fois. De meilleures infrastructures communautaires. Aucune unité autonome.

— En effet, nous rebâtirons, l'a défié Russell.

— Dommage pour votre musique, a-t-il dit. J'aimais bien. Mais je ne veux pas abuser de votre temps. Pas la peine de me raccompagner, Hurst, je connais la sortie. »

Nous avons entendu la porte claquer derrière lui.

« Était-ce un avertissement ? a demandé Jane.

— Je pense, oui », a répondu Hurst.

Une voiture a démarré, puis s'est éloignée. Nous sommes restés silencieux jusqu'à ce que le bruit du moteur disparaisse au loin.

« Peut-on continuer ainsi ? ai-je demandé.

— Oh ! oui, a dit Jane, on peut continuer ainsi, et bien plus encore. Nous n'avons pas le choix.

— Et si on tentait quelque chose de joyeux ? » Russell s'est installé au piano et s'est lancé dans une série de vieilles mélodies sentimentales. Hurst a resservi du vin. Jane et moi avons chanté les paroles. Quand nous sommes allés nous coucher, la tension nous avait quittés.

Neuf jours durant, nous avons travaillé chacun de notre côté, nous motivant les uns les autres avec une énergie renouvelée. La pression apportait puissance et rapidité à notre production. Le bateau était de retour sur la berge, bien amarré. Entre les sessions de travail, on jouait aux échecs, on s'occupait du jardin, on écoutait de la musique, on nageait dans les canaux. Nous nous sommes mis d'accord pour ne pas nous aventurer au-delà des terres de Hurst. Le temps a changé. La pluie nous a retenus à l'intérieur. Nous avons joué au tennis de table dans l'ancienne chambre des jumeaux.

« Peut-on continuer à créer pour nous-mêmes, sans aucun contact avec le monde extérieur ? ai-je demandé à Jane alors qu'elle me regardait faire une réussite particulièrement compliquée.

— C'est la grande question. » Puis, doucement, elle a ajouté : « Je crois qu'ils sont là. »

Hurst et Russell jouaient aux échecs.

« Comment le sais-tu ? »

J'ai rangé le jeu de cartes.

Elle s'est postée à la fenêtre.

« Ils sont trois, a-t-elle confirmé. Un pour chacun d'entre nous.

— Mais nous sommes quatre, avec Hurst, ai-je répliqué.

— Sans lui, trois », a dit Jane.

Je n'éprouvais aucune crainte.

« On tente de partir ou on reste ? ai-je demandé.

— On reste. »

Jane semblait décidée.

Je l'ai rejointe à la fenêtre.

« Ils ont l'air assez petits, vus d'ici. Hurst est au courant ? »

Jane m'a regardée.

« C'est lui qui les envoie. Tu n'as pas deviné son rôle ? Le meunier ? »

Une lueur de compréhension m'a saisie.

« Bien sûr ! ai-je soufflé. Et nous avons visité la tour d'ivoire. Nous sommes ses otages, à sa merci. » J'avais presque envie de rire. « Les otages des morts, de Julian. » Une autre idée m'a traversé l'esprit. « Vous le saviez avant de venir ?

— Moi, je le savais, a répondu Jane. J'en ai parlé à Russell. Pour lui, ça n'avait pas d'importance.

— C'est irrationnel, ai-je protesté.

— Pas du tout. C'est très rationnel. Hurst conserve notre travail. Ils nous tiennent. Ainsi, ses trésors sont à l'abri.

— Et nous y contribuons ?

— On pourrait dire que Hurst nous offre la possibilité d'y contribuer.

— Il y aura d'autres invités, après nous ?

— Naturellement, il faut toujours enrichir le tombeau.

— Gardien du grain. » Je me souvenais de l'image de Hurst. « Mais il nous apprécie beaucoup, pourtant.

— Oh, il nous aime, oui. Nous incarnons l'extension du combat de Julian. »

L'idée m'a fait frissonner.

« Tu veux dire qu'il...

— Il a sauvé le moulin, pas Julian.

— Échec. » La voix de Hurst était rauque. Il s'est levé. « Je suis heureux que vous ayez trouvé tout seuls. Ce sera moins long à expliquer. J'étais quasi certain que vous en tireriez les conclusions vous-mêmes.

— Et quand viendront-ils pour toi, Hurst ? s'est enquis Russell.

— Après ma mort, ils me remplaceront. »

Il s'est éloigné de nous, vers les escaliers. Nous l'avons entendu pousser la porte d'entrée.

Russell a ouvert les fenêtres. Il avait cessé de pleuvoir.

« Bonjour, mon amour. »

Jane a tendu la main gauche vers Russell.

Nous les avons entendus monter les marches.

Cailloux, malaise

Cette journée de janvier était d'une clarté cristalline. Un soleil inhabituel pour la saison transfigurait le paysage. La morosité de l'hiver n'en devenait que plus visible. Après plusieurs semaines de pluie, c'était revigorant. Les plaines rayonnaient de couleurs. Les zones brunâtres dépouillées de feuilles luisaient dans les tons violets. Les ronces et les maigres taillis débordaient de nouveaux bourgeons. Sous mes pieds, les mottes de gazon détrempé étaient douces comme de la mousse. J'ai contemplé le bleu céruléen du ciel qui encadrait les courbes et les pentes. C'était bon d'être en vie. Mon chien fouillait les terriers, en quête de bestioles en hibernation. J'ai inspiré profondément, puis je me suis lentement mise en route vers le point le plus élevé. Une alouette a gazouillé au-dessus de ma tête, avant de s'éloigner un peu plus haut. Les ailes déployées, elle a piqué sans un bruit. J'ai sifflé d'admiration. L'oiseau a réitéré son exploit acrobatique.

Au détour d'un étroit sentier, j'ai croisé le vieil homme et son terrier.

« Une belle journée », m'a-t-il dit en s'écartant pour me laisser passer.

Nos chiens se sont livrés à une joute. On distinguait le village et le terrain de football. Des silhouettes en maillot bleu et rouge couraient entre les cages de foot.

Arrivée au sommet, j'ai regardé la mer, plate et tranquille. Des rayons de soleil dorés s'étiraient du rivage rocailleux à l'horizon. Enfants, on croyait possible d'emprunter ces voies illusoires. J'ai jeté un coup d'œil derrière moi, vers le vieil homme. Je l'ai regardé descendre la pente. Il a trébuché, avant de tomber. J'ai commencé à courir vers lui, mais il s'est relevé, il a repris sa route, un peu moins sereinement, le terrier sur ses talons. Ensuite, je les ai vus, juchés sur la crête opposée. Toute une colonne bien alignée, chacun tenant un bâton adapté à sa taille. Avec une grande précision, ils ont rompu leur formation, avant de pivoter vers le bas, selon un schéma en zigzag, croisant et recroisant leurs pas, jusqu'à atteindre le pied de la colline. Un simple exercice. J'ai entendu l'alouette gazouiller à nouveau, mais je n'ai pas levé les yeux.

Concentrée sur ce magnifique après-midi d'hiver, je me suis frayé un chemin jusqu'à l'ancien presbytère, construit dans le dernier renfoncement au cœur des collines.

« Salut, m'a lancé Julian. Tu es à l'heure pour le thé. »

Finn s'est précipité pour me saluer, suivi de Mutley, son berger hirsute, qui a immédiatement tourné autour de mon chien. Sans même le toucher, il l'a conduit vers le jardin.

« Ma tortue s'est réveillée, m'a informée Finn. Viens la voir. »

Il a mis sa petite main dans la mienne.

« Tout à l'heure, Finn », a dit Olwen, une assiette de scones à la main.

Elle a poussé le garçon vers le salon.

Après le thé, je leur ai raconté l'exercice et la chute du vieil homme.

« Les rites du printemps, a commenté Julian. Un peu prématurés, liés aux superstitions primitives de ce vieil homme ; d'où la chute, une sorte de stupeur craintive et révérencieuse.

— Chéri, a soupiré Olwen, nous ne sommes pas tes élèves. Arrête de nous faire la leçon.

— Mutley les aurait tous rassemblés. »

Finn était excité.

Pour faire retomber la tension, j'ai dit à Finn :

« Montre-moi ta tortue.

— Je n'aime pas trop l'école, ce trimestre. » Finn a ajouté un peu de paille autour de la petite carapace, dans la boîte en carton. « Tout le monde est tellement bougon. Et personne ne partage ses secrets.

— Des secrets ? »

Je lui ai souri.

« Je n'ai plus de meilleur ami. Personne ne veut entendre les secrets des autres. Je suis super bon, en secrets. Je les confie à Mutley, maintenant. » Finn a soupiré. « Ça me manque, de ne pas avoir de meilleur ami. »

Je suis restée dîner. Plus tard, Julian m'a proposé de me ramener à la maison.

« N'oublie pas, m'a rappelé Olwen en m'embrassant pour me dire au revoir, passe nous voir quand tu veux.

— Tu es inquiet, Julian ? ai-je demandé dans la voiture.

— Je renifle un peu partout, disons. Pas plus que ça. C'est encore trop vague, en l'état. » Il a essuyé la buée sur le pare-brise. « Je n'ai pas à me plaindre, à part quelques détails. Des coupes, plus des suggestions que des ordres. Les étudiants m'inquiètent un peu, par contre. Bon, comme d'habitude, rien de très positif à signaler. Une sorte de léthargie générale, inhabituelle en début de trimestre. »

Nous avons roulé en silence. Les étoiles mouchetaient la nuit. Brillantes, à peine glacées. En mer, des lumières mouvantes trahissaient la présence de chalutiers.

« On a une belle vue, d'ici. »

Julian a regardé vers la mer en s'arrêtant devant mon cottage.

La terrasse était accueillante. Les ampoules étaient encore allumées dans plusieurs pièces. Le clair de lune révélait clairement mon jardin. J'ai repéré d'autres bulbes précoces et quelques pousses fraîches sur les arbustes. Mon voisin, David, se tenait devant ma porte d'entrée. Un court instant, je ne l'ai pas reconnu. Il a agité un pot de lait.

« Je n'en ai plus », m'a-t-il lancé.

Je l'ai fait entrer, j'ai versé du lait dans sa cruche, avant de lui proposer un thé, qu'il a accepté. Nous avons bavardé de choses et d'autres, nous félicitant du changement de temps. Je lui ai offert plusieurs occasions de m'expliquer pourquoi il m'attendait devant chez moi, mais il les a toutes esquivées. Après son départ, je me suis sentie soudain très fatiguée. Ce beau temps était prématuré, étrangement inapproprié.

Mon téléphone a sonné. C'était David.

« J'ai oublié de te dire, a-t-il commencé. Ce vieil homme et son chien hirsute. Il est mort.

— Je suis désolée, ai-je dit.

— Crise cardiaque, apparemment. Près du terrain de football. Il se promenait dans les collines.

— Et son chien ? ai-je demandé.

— Il s'est enfui.

— C'est très inhabituel ! »

J'ai essayé de travailler. J'ai écrit deux pages, puis je les ai déchirées. Dehors, quelqu'un a crié. Je suis sortie en courant. Mary, mon autre voisine, se tenait devant ma porte. Elle tendait le doigt vers la pente. C'était le terrier du vieil homme, mort. J'ai chassé mon propre chien, je me suis penchée pour toucher le cadavre. Il était encore chaud. Le cou brisé.

« Pourquoi l'abandonner ici ? » m'a demandé Mary après s'être calmée.

J'ai laissé cette question sans réponse. Elle m'a regardée prendre un sac, le passer autour de l'animal mort, puis transporter le corps dans l'appentis de jardin.

« J'appellerai le vétérinaire demain pour qu'il l'emporte », ai-je dit.

Je me suis demandé ce que j'avais bien pu manquer de remarquer cet après-midi.

« Très professionnel, a déclaré le vétérinaire en inspectant le chien mort. Au moins, il n'a pas souffert. Un coup sec, rien d'autre. C'était particulièrement cruel de le laisser devant votre porte. » Il s'est tu un court instant. « Un rôdeur, j'imagine. J'ai entendu dire que le vieux était mort hier. C'est tout aussi bien. Ça lui aurait brisé le cœur, un truc pareil.

— On dit que le chien s'est enfui.

— C'est étonnant, a rétorqué le véto.

— C'est ce que je me disais, oui.

— Il y a tant de cruauté de nos jours. Envers les animaux, je veux dire. » Le vétérinaire s'est lavé les mains. « C'est assez délirant.

— Je me demande si c'est si délirant que ça, justement. »

Le véto était à la porte.

« Bon, il faut que j'y aille. Encore une belle journée. Plus froide, cela dit. »

Je l'ai observé traîner le sac jusqu'à sa camionnette. L'après-midi, je suis retournée au pied des collines. Le vent m'a fait pleurer. J'ai mis mes lunettes de soleil pour me protéger. Des verres correcteurs, en plus. Les nuages obscurcissaient le soleil. Derrière le terrain de football, au début du chemin qui menait au sommet de la colline, j'ai repéré une grande affiche : *Danger. Exercices*. Je me suis détournée, puis je suis rentrée à la maison par le sentier de la falaise. La mer était verte, sans doute glaciale. Des mouettes tournaient et tournaient, en excursions fébriles vers la terre, puis vers la mer. Olwen était assise dans sa voiture, devant mon cottage.

Une fois à l'intérieur, je lui ai raconté l'histoire du vieil homme et de son chien.

« Oublie ça, m'a-t-elle dit. Mieux vaut ne pas s'attarder sur ce genre de choses. »

J'ai exprimé ma surprise.

« Après, on additionne, a-t-elle repris. Julian fait ça tout le temps. Des petites choses, des détails non pertinents, des omissions, des contradictions, des ambiguïtés. Il cherche toujours une raison à tout. Et ça ne le satisfait jamais. C'est impossible, car rien ne correspond à rien. Ses étudiants n'empruntent plus ses livres, alors il s'énerve. Il les interroge et leur pose des questions. Ils se contentent de le regarder fixement.

— Et ça ne te dérange pas ?

— Je lui conseille sans cesse de conserver son énergie pour son propre travail. Et pour nous. Finn commence à s'en étonner. Je l'encourage à en parler, à laisser libre cours à son imagination. À l'école, on l'interrompt, maintenant, ou plutôt il constate que plus personne n'écoute ses histoires.

— Tu dis que… ai-je commencé.

— Je ne dis rien, sauf qu'il ne faut pas trop s'attarder sur ces…

— Ces indices ? ai-je conclu à sa place.

— Si tu veux. » Ses yeux verts ont étincelé d'irritation. « C'est contagieux.

— Et nous devons rester en bonne santé ? »

J'ai employé l'expression avec ironie.

« Il faut nous contrôler », a nuancé Olwen. Puis, d'un ton plus léger : « Garder notre sang-froid.

— Pourtant, il reste quelques mystères ? ai-je enchaîné. Ce vieil homme et son chien ?

— N'importe quoi ! Une coïncidence. Des accidents. L'un naturel, l'autre délirant. »

Elle a utilisé la même expression que le vétérinaire.

« Mais toi et moi, Olwen, on peut s'échanger des secrets, non ? La vérité, je veux dire.

— Inutile. On les connaît déjà, ces secrets. Laisse-les là où ils sont. »

Je l'ai poussée dans ses derniers retranchements.

« On se résigne, alors ?

— C'est de la résistance passive. »

La voix d'Olwen montait dans les aigus.

« Tu veux dire par là que l'ignorance est une bénédiction ?

— Assez, a-t-elle soufflé. J'ai deux personnes à gérer.

— Ah oui, ai-je dit. Désolée. Moi, je n'ai à m'occuper que de moi-même. »

Elle m'a tendu la main. Je l'ai serrée.

« Ils font ça pour nous inquiéter », a dit Olwen. Nous avons repris la conversation, plus calmement. « Si tu avais vraiment, vraiment envie d'un changement, a-t-elle hésité en remontant dans sa voiture, n'oublie pas le vieux presbytère. Nous ne sommes pas très loin.

— Je n'oublierai pas. »

Je l'ai saluée de la main.

Plus tard, David m'a rendu le lait. J'ai pris ça comme une invitation à bavarder. Je lui ai proposé un verre.

« Vous avez de la chance, m'a-t-il dit. Travailler chez vous. Ne pas avoir à gérer les autres. »

Je ne l'ai pas contredit.

« Pour moi, a-t-il repris, c'est un vrai casse-tête. Rien ne va, et pourtant, rien ne va vraiment mal. Je veux dire par là, si on pouvait cloisonner travail et plaisir, vous voyez ce que je veux dire ? Aujourd'hui, ce n'est pas possible. Rentrer chez soi, c'est la mort. Des visages sombres, des sourcils froncés, et puis on ne sait jamais à quoi s'attendre, bien sûr. » Il a accepté un autre verre. « Je suis venu ici pour m'échapper… la pression, je veux dire. Ici, on est en sécurité.

— À peu près, oui », ai-je essayé de le rassurer.

Au moment où je m'apprêtais à remplir son verre pour la troisième fois, j'ai vu l'ambulance arriver et se ranger devant la maison de Mary. David et moi sommes rapidement sortis, prêts à aider si besoin. Ils ont ouvert les portes arrière. Une infirmière a fait sortir Mary, dont le visage était impassible. Elle ne nous a pas reconnus.

« Que s'est-il passé ? ai-je demandé.

— Elle est désorientée. »

Le conducteur était sec.

Nous sommes rentrés sans un mot, ne sachant que trop bien ce que ça signifiait. Ils s'occuperaient d'elle un jour ou deux. Ensuite, on l'emmènerait. C'était une maladie courante, officiellement classée comme incurable.

« Je me demande qui sera notre nouveau voisin », a commenté David.

C'était plus factuel que cruel.

La pluie s'est installée pendant deux semaines. La nuit, j'entendais des cornes de brume. Le nouveau voisin était un jeune homme. David a essayé de faire connaissance avec lui, en vain. Mes tentatives n'ont pas rencontré plus de succès. Il sortait à neuf heures du matin et rentrait à six heures. Le week-end, on le croisait dans les magasins faire ses achats sans vraiment s'y intéresser. Il se promenait seul sur la plage. En cas de pluie, il s'asseyait dos à la fenêtre. De toute évidence, on l'avait désensibilisé.

J'ai rejoint le vieux presbytère par la route de la falaise. Les portes étaient fermées. *Défense d'entrer*, avertissait l'écriteau.

« Comment va ta tortue mâle ? ai-je demandé à Finn.

— Elle s'est trouvé une épouse, a-t-il répondu. Elles se sont installées dans le jardin. On ne peut plus aller dans les collines. Mutley est contrarié.

— Julian a posé un congé sabbatique, m'a informée Olwen, ils lui ont accordé. Une vraie bénédiction, même s'il s'inquiétera toujours pour ses élèves. La plupart d'entre eux sont partis, de toute façon.

— Olwen minimise encore la situation, est intervenu Julian en entrant dans la pièce. Tu as entendu les dernières nouvelles ?

— Pas aujourd'hui, ai-je répondu.

— On nous a reclassés. Nous ne sommes plus considérés comme une zone sûre. » Il a attrapé l'échiquier. « Tu veux faire une partie ?

— Avons-nous jamais été vraiment en sécurité ? ai-je lancé.

— Dans certaines limites. »

Julian a disposé les pièces.

J'ai pris une décision.

« Je vais jeter un œil dans les collines.

— C'est de la folie, m'a dit Olwen.

— Pourquoi pas ? » Julian a repoussé les pièces sur le plateau. « Il n'y a pas encore d'écriteau à l'entrée du petit bois. Si on nous interroge, on n'a qu'à dire qu'on ne savait pas.

— Pas question, s'est exclamée Olwen.

— Il le faut, a répliqué Julian. Tout est bon à prendre, même les interdits.

— Pas la peine de m'accompagner, suis-je intervenue.

— Oh, il t'accompagnera, a fait Olwen d'un ton tranchant. Il brûle de se confronter à la réalité. »

Enivrés par notre audace, nous sommes entrés dans le petit bois, derrière le presbytère. Les arbres bourgeonnaient, même si le printemps était encore loin. Nous avons atteint le portail qui donnait sur les collines.

« Embrassons-nous, ai-je dit, ça porte bonheur. »

Nous avons grimpé la première colline, puis nous en avons atteint le sommet. De là, on voyait toute la vallée. À gauche, la mer. Les alouettes planaient, plongeaient au-dessus de nos têtes. Pas une âme en vue. Nous avons ri de soulagement, joint nos mains, puis dévalé la pente.

« J'aurais dû emmener mon chien. »

Je l'avais confié à Finn. Le soleil brillait par intermittence, colorant d'abord une zone, puis une autre. Nous avons marché plusieurs kilomètres, de haut en bas, de bas en haut, savourant la vaste étendue du paysage vide.

« Comme si on était les derniers sur terre, ai-je soufflé.

— Allez. » La voix de Julian était illuminée par le soulagement. « On remonte la colline et puis on rentre à la maison, c'est l'heure du thé. »

Nous avons fait demi-tour. Ils étaient sur la crête. Nous avons regardé derrière nous. Une colonne similaire, bien alignée, chacun tenant un bâton adapté à sa taille. Ils ont commencé à bouger, d'abord vers le bas, avec une lenteur précise et délibérée.

« Prends-moi la main, a fait Julian. On doit continuer vers la maison, comme prévu. »

Ils ont rompu la formation, comme au ralenti, avant de pivoter vers nous, selon un schéma en zigzag, se croisant et se recroisant les uns les autres.

« Avec un peu de chance, on échappera à la symétrie de leur tracé », a dit Julian.

Nous les avons sentis nous dépasser, rang après rang. Des poches d'air nous ont atteints alors que leurs mouvements intriqués nous frôlaient. J'ai trébuché. Julian m'a remise d'aplomb sans ménagement.

« Il ne faut pas modifier notre trajectoire, a-t-il dit. Pas même un peu. »

Au fur et à mesure de notre progression sur le sentier, ils nous ont encerclés, sans jamais dévier d'un pouce dans leur cheminement méticuleux. D'autres suivaient leurs traces. Les intersections et les chevauchements de leurs rangs se poursuivaient, d'une lenteur implacable, totalement à l'unisson. Je transpirais. J'étais fatiguée. Je voulais faire une pause. Julian m'a incitée à remonter. J'ai aperçu le portail où l'on s'était embrassés, au loin. Une autre rangée entamait sa descente.

« Ne te retourne pas, a dit Julian. Suivons notre itinéraire naturel. »

Un homme m'a effleurée, j'ai vu son bâton : il luisait comme de l'acier. À gauche comme à droite, ils tourbillonnaient. J'ai serré les bras contre mon flanc, craignant de heurter l'un de leurs bâtons. Leur précision était monstrueuse, ils répétaient les mouvements de ceux qui les avaient précédés. J'ai entrevu des yeux, des têtes, des poitrines, des bras, des jambes et, toujours, des bâtons en métal brillant. J'ai repéré les trois derniers quand ils ont pivoté vers nous. L'un s'est éloigné sur notre droite, l'autre à gauche. Julian m'a vite repoussée au moment où le troisième passait entre nous, avant de poursuivre sa route.

Nous avons atteint le portail.

« Ne te retourne pas, a dit Julian. Évitons d'avoir l'air trop curieux. »

Il semblait désinvolte.

Je me tenais de l'autre côté du portail, tremblante. La peur m'avait rattrapée.

« Un vrai coup de bol ! » Mon hilarité virait à l'hystérie. « Un par ici, un autre par là, on a failli se faire piéger. » L'idée m'a soudain traversée. « Le vieil homme est mort comme ça. Paralysé par la peur.

— En effet ! » Julian m'a allumé une cigarette. « N'importe quand, n'importe où, toute la vie.

— Et le chien mort, à ma porte ?

— Un avertissement, a répondu Julian. Ou plutôt un échec, comme on dit entre joueurs.

— Pas un mat, cependant, me suis-je vantée. Nous sommes passés.

— Jusqu'ici, oui, a répliqué Julian. Viens, rentrons prendre le thé. »

La belle vallée

Nous étions immobiles. L'été frémissait partout. Nous avions bifurqué vers les bois, au niveau du viaduc victorien. Une lente ascension, jusqu'à ce qu'une déclivité nous conduise en vue de la vallée. Plusieurs hectares de blé luisaient d'un éclat ambré dans cet après-midi d'août. La luxuriance des champs était inattendue. Je marchais devant, Rick me suivait, mon chien sur ses talons. Le sentier était étroit, encore rétréci par la prolifération des ronces enchevêtrées, des fleurs sauvages et des baies qui bordaient la lisière du bois, de notre côté. Nous avions traversé le champ depuis la forêt qui nous faisait face. Un court instant, la peur nous avait rattrapés. Un homme attendait, juché sur un tabouret en toile, un retriever noir couché à ses pieds, un fusil pointé vers une clairière. Trois coups de feu avaient suffi pour exprimer son indifférence. « Des pigeons d'argile », avait expliqué Rick. Nous l'avions salué, il nous avait ignorés. C'était un vrai soulagement d'atteindre la vallée et ses champs de blé. Des coups de feu, faibles, mais indiscutables, nous signalèrent que l'homme était toujours là. Le blé nous arrivait à la taille.

« Je suis contente qu'on ait encore le droit de se promener. »

Je me suis appuyée contre Rick, pour mieux souligner sa participation à cette splendeur estivale.

« Ils l'acceptent comme extension de notre activité, a-t-il dit. Tacitement, du moins.

— Les villageois n'ont pas le droit, eux ?

— C'est moins facile. Il leur faut une raison, au sens propre comme au figuré. Nous, ils nous laissent respirer, de brèves périodes de contemplation officiellement autorisées, dans certaines limites bien sûr. »

Rick paraissait si jeune, immortel, inondé de soleil devant les épis de blé.

« Tu ne croises personne durant tes promenades ?

— Le forestier bizarre, le bûcheron, l'agriculteur… et des hommes armés, comme notre ami là-bas. C'est là toute l'ironie. »

Rick a hoché la tête vers les sombres démarcations du terrain.

« Je suis content qu'on soit directement venus ici. »

J'ai savouré l'odeur du blé et des haies, attentive au son des insectes, des oiseaux et des petits rongeurs.

« Après ton voyage, je me suis dit que ça te détendrait. » Rick a examiné le petit morceau de cristal trouvé dans le bois. « On dirait un éclat de météorite. Je demanderai à Adrian de l'analyser – c'est lui notre cristallographe amateur. »

Comme s'ils jaillissaient des blés, ils nous ont rejoints, juchés sur leurs vélos. Adrian, Jill, les deux garçons, Dana en tête. Tous nous ont joyeusement salués.

« On prendra le thé ensemble », a lancé Dana en nous dépassant.

Avant d'aborder le virage, ils se sont retournés pour nous saluer. Nous les avons regardés disparaître.

Nous avancions comme dans un rêve, baignés de soleil, au milieu des champs de blé. Là où la barrière longeait la route, nous avons retrouvé le retriever noir, accroupi. J'ai voulu le caresser. Il s'est enfui. Au village, nous sommes passés devant les maisons soignées, aux fenêtres fermées, aux jardins bien taillés. Personne en vue. Nous avons pris la ruelle menant à l'église normande. Une vieille femme était agenouillée sur l'une des tombes. Elle nous a fait le signe contre le mauvais œil.

« Il faudrait la rassurer, non ? » ai-je demandé.

Rick a secoué la tête.

Nous avons rejoint Ross à l'atelier, où il versait de l'acide blanc sur un carreau de verre.

« C'est une étape délicate », a-t-il expliqué en poursuivant son travail.

Le soleil traversait les fenêtres, soulignant les rouges, les bleus et les jaunes de son œuvre. Rick a ouvert le four pour en tirer l'un des plateaux.

« Bien pris », a-t-il dit en refermant la porte du four, avant de couper le courant.

Je suis sortie par l'une des hautes portes-fenêtres, m'avançant dans le parc qui ceinturait la maison.

Deux chênes à l'impressionnante circonférence étaient soudés l'un à l'autre. Une union naturelle qui traversait le temps. Adossée à leurs troncs, j'ai contemplé la maison, une bâtisse du XVIIIe siècle, autrefois lieu de privilèges, désormais centre communautaire pour celles et ceux qui pratiquaient encore leur art – peintres, sculpteurs, potiers, tisserands. Dana était assise sur les marches de la loggia. J'ai couru vers elle.

« C'est l'heure du thé », m'a-t-elle informée en me tendant la main.

En entrant chez elle, j'ai fini par poser la question.

« Rien n'a été…

— Envahi ? a-t-elle terminé à ma place. Pas particulièrement. Nous verrouillons nos ateliers un peu plus soigneusement, la nuit. Je suis contente que tu sois venue. »

Le thé m'a rappelé mon enfance, avec de véritables scones maison, de la confiture, des assiettes de pain beurré, du cresson, des œufs à la coque, des graines et des gâteaux au gingembre. Les garçons ont eu droit à des pâtes de fruits.

« Il va falloir être un peu plus prudents, m'a confié Adrian une fois les garçons sortis jouer dehors. Ils ont muré le bureau de poste. *Superflu*, disent-ils. Nous sommes les seuls à écrire et à recevoir des lettres.

— Et les villageois ? me suis-je étonnée. Ils vont bien à la poste, non ?

— Ils en ont complètement perdu l'habitude. » Adrian a allumé sa pipe. « La communication n'est pas encouragée. »

En rentrant à la maison avec Rick, j'ai dit :

« Je suppose que c'est là l'essentiel. La communication, je veux dire.

— Il faut la décourager. Voilà pourquoi nous continuons. »

Rick m'a donné la main.

Nous sommes passés devant les maisons soignées, aux fenêtres fermées, aux jardins bien taillés. J'ai entraperçu les écrans de télévision qui scintillaient faiblement à l'intérieur. Rick a suivi mon regard.

« Ils nous ont tous offert des postes. Adrian en a accepté un, pour les garçons, et pour les informations. Pour ce qu'elles valent. »

Rick m'a ramenée vers la tombe où nous avions vu la vieille dame un peu plus tôt. Il s'est penché, effleurant le lettrage abîmé, lisant le nom et la profession du mort. *Vitrier*, indiquait la stèle.

« C'était son seul fils. Il avait des idées qui dépassaient largement son travail ordinaire. Voilà pourquoi la vieille dame nous en veut. Nous représentons une dangereuse aspiration. Il s'est suicidé.

— Pourquoi ? »

Ma voix était faible.

« Ils l'ont isolé. Le Centre n'existait pas, à l'époque. Il n'avait aucun refuge. »

Rick a arraché quelques mauvaises herbes de la tombe mal entretenue.

Les quartiers d'habitation de Rick, qu'il partageait avec Ross, se trouvaient à l'avant de la maison, au rez-de-chaussée. Au cours de la nuit, j'ai entendu des bruits de pas. On marchait, on courait dans tous les sens. Quelques jappements, puis le silence. Ross est sorti. À son retour, il a dit :

« Une simple barrière cassée sur le terrain. Pas la peine de la réparer. »

Il semblait ennuyé.

Rick a fait du thé et s'est assis sur mon lit en évoquant les jours heureux. Je me suis souvenue de mon périple. Le voyage à Londres, depuis la côte. Bien peu de particuliers sur les routes. Surtout des camions, des transports publics, des véhicules militaires : j'avais capté quelques bribes de leurs programmes radio obligatoires. L'attente fastidieuse au centre d'investigation, les ordinateurs qui crachaient leurs données. Une fois mon identité vérifiée, j'avais roulé vers le nord, réprimant l'envie de quitter l'autoroute pour passer par des villages et des villes qui ne figuraient pas sur ma feuille de route, tout en sachant que les contrôles radars m'en interdiraient l'entrée. J'avais transpiré en traversant les villes industrielles, oppressée par les fenêtres closes des tours d'habitation. J'avais planifié mon voyage pour qu'il ne coïncide pas avec l'ouverture des magasins des lieux que je traversais. Impossible de supporter les 90 décibels de la musique pop que les mégaphones des rues crachaient à ces heures-là.

« Ouvre la fenêtre, Rick, ai-je dit, avide de liberté.

— Ils surveillent nos lumières, m'a-t-il avertie. On dépasse le quota autorisé. On tient uniquement grâce à une loi obsolète qui accorde des privilèges mal définis à des centres comme celui-ci. Ils la modifieront – en temps voulu !

— Et en attendant ?

— En attendant, on continue. Leur tactique s'appuie sur une base solide : le ressentiment général à notre encontre.

— La jalousie, tu veux dire ?

— Non, la peur. Nous représentons un danger. Le non-conformisme est une maladie. Nous sommes une source possible de contagion. On nous a offert l'opportunité de… » Il a légèrement gloussé. « … de nous intégrer. Tout refus est considéré comme de l'hostilité.

— Et ton travail ?

— Il ne quitte pas nos ateliers. Nos tickets de rationnement sont réduits d'autant. Côté nourriture, nous sommes presque autosuffisants.

— Et vous arrivez à tenir comme ça ?

— On tiendra jusqu'au bout. » Rick a éteint la lumière. « Dors bien. Il faut utiliser notre temps de manière aussi créative que possible, en parlant, en travaillant, en s'aimant. Et préserver les canaux de communication, les maintenir pour que les autres puissent les utiliser en cas de besoin.

— Je vais rapporter une partie de ton travail avec moi, ai-je proposé, pour le montrer aux autres, sur la côte.

— Tu fanfaronnes, là, a répondu Rick. Pas trop d'audace. Explore d'abord les limites. »

Je me suis réveillée tôt. Encore une splendide journée d'été. Ross travaillait déjà.

« On nous a proposé une maison, m'a annoncé Adrian quand on s'est retrouvés, dehors.

— Oh, non ! »

La peur m'a effleurée.

« Ça fait deux fois en quatre mois. » Adrian a souri. « Je ne réponds jamais aux formulaires officiels. Je suis distrait, apparemment. »

Rick et Dana riaient d'une blague complice quand je les ai rejoints.

« La pression ne vous gêne pas ? »

Ma question était en partie rhétorique.

« Moins que toi, sur la côte, très chère, a répliqué Rick. Nous sommes ensemble. Voilà pourquoi on t'a demandé de venir, pour que tu relâches un peu la pression, justement. Tu rentreras plus sereine. »

J'ai repensé à mon cottage de garde-côte où je travaillais, me promenais, faisais mes courses et vivais avec mon chien. Les voisins, comme moi, gardaient leurs fenêtres fermées et leurs téléviseurs allumés. J'avais refusé qu'on m'offre un poste.

Attitude tout aussi perverse, je m'occupais moi-même de mon petit jardin, moins bien entretenu que ceux de mes voisins taillés par des machines. Je cultivais des fleurs et des fruits. Régulièrement, j'en laissais la nuit près de mon portail, en guise d'offrandes à ceux qui auraient le courage de les accepter. De temps en temps, j'ajoutais un livre, mais personne n'osait le prendre. C'était une façon de communiquer.

« Nous faisons la même chose, m'a confié Dana. La semaine dernière, j'ai eu un grand succès. J'ai laissé une de mes peintures. Quelqu'un l'a emportée.

— Comment sais-tu que ce n'était pas eux ? ai-je demandé.

— Ils ne voudraient surtout pas que quiconque pense qu'il est possible d'accepter ce genre de cadeau, est intervenu Rick.

— C'est sans doute pire avec les autres. » J'ai réfléchi à la question. « Les autres nous donnent du courage, ils nous poussent à la provocation.

— Et à la sécurité, pourtant, a dit Rick. Heureux comme nous sommes dans nos échanges quotidiens faits d'amour et de conversations. Cela nous permet d'évacuer notre trop-plein de tension.

— Faisons un pique-nique, a proposé Dana. Pas besoin de prétexte.

— Dans la vallée ? » ai-je demandé.

Nous avons choisi une petite clairière, juste en retrait du bois qui surplombe toute la vallée des champs de blé. Nous avons ri, parlé, fait des jeux stupides, dévoré notre pique-nique et, par intermittence, somnolé dans la chaleur de l'après-midi. J'ai regardé Dana confectionner un collier de fleurs sauvages qu'elle a accroché au cou de mon chien.

« Je te peindrai demain », m'a-t-elle dit.

C'était un gage. J'ai fermé les yeux pour retenir mes larmes.

« Je vais me balader un peu. »

Rick s'est fondu dans la forêt. Nous avons regardé son grand corps mince disparaître au loin.

« Ne t'inquiète pas, chérie, a dit Dana. Il est en sécurité. »

Elle a attrapé l'un de ses carnets de croquis.

Une heure plus tard, Rick est revenu.

« Ils construisent d'autres maisons un peu plus haut, nous a-t-il informées. Dix-neuf en fait. »

Ils étaient dix-neuf au Centre, en comptant chaque unité familiale, en plus de Ross et Rick.

« Mais… ai-je bégayé, ils n'ont pas le droit. C'est illégal.

— Ils doivent rédiger un nouveau projet de loi en ce moment même, a enchaîné Rick. Question d'organisation. Et de temps.

— On te rejoindra sur la côte, m'a dit Dana. Il est encore possible de passer.

— Quand vous voulez. »

J'oscillais entre la joie et l'hystérie.

« Les invités sont toujours suspects, a dit Rick. Nous serons ta famille.

— Ils ont adopté la nouvelle loi au conseil, nous a annoncé Adrian à notre retour. Réduction progressive des centres d'art. Effectif à partir de minuit. Pour moi, ça mérite une petite fête. »

Les festivités se sont déroulées dans l'amphithéâtre. Personne n'a évoqué les informations qui passaient en boucle sur le poste de télévision d'Adrian. À minuit, nous sommes sortis, ouvrant toutes les fenêtres de la maison. Soudain, les lumières se sont éteintes.

« Une coupure de courant, a commenté Ross. Au moment le plus opportun.

— Qui s'occupe des bougies ? »

Les couples avec enfants ont été les premiers à rejoindre les nouvelles maisons. Inutile de protester, pas quand des enfants sont en jeu.

« Tu vas devoir rentrer sur la côte dès maintenant, m'a prévenue Rick. On essaiera de te rejoindre un peu plus tard. »

Dans un état presque hypnotique, je suis retournée dans les champs de blé. Ross m'a accompagnée.

« Ils se préparent pour la récolte, a-t-il dit. Regarde en bas, les moissonneuses sont déjà là. »

Plusieurs ateliers étaient murés. On avait évacué les travaux laissés par ceux qui avaient déjà emménagé dans les maisons. La bâtisse résonnait d'un son creux. Le vide était palpable. Ross a rangé son travail dans des caisses. Dana a emporté ses toiles chez elle. Rick a mis les siennes dans son atelier, comme s'il préparait une exposition. J'ai choisi l'une des sculptures en verre de Rick et je l'ai calée dans ma voiture. « Je prends le risque, ai-je rétorqué à Rick qui me le déconseillait. Ils ne peuvent pas te forcer à déménager ?

— D'ici ? a fait Rick. Si. La fermeture du Centre et de ses quartiers d'habitation est légale. Ils nous proposeront à tous une maison… que nous pouvons refuser. À ce stade, la procédure reste correcte. Il y a toujours l'ambiguïté du choix.

— Comme la mienne, sur la côte ? »

J'avais beaucoup insisté pour rester dans la maison que je possédais. Le fait d'être déjà logée m'offrait une certaine liberté, même si les pressions pour que ma maison ressemble aux autres étaient nombreuses.

« Pourquoi sont-ils partis ? ai-je demandé. Adrian et Jill ?

— Les enfants, a répondu Rick. Ils sont mineurs et doivent partir, avec ou sans leurs parents. On va devoir leur trouver un nouveau logement, acceptable, dans la limite du raisonnable. Difficile, mais pas impossible. Tu as eu la chance d'avoir ton propre chez-toi avant l'officialisation de leur nouveau programme de logement.

— Ils peuvent toujours modifier la loi.

— En temps voulu, oui, certainement. S'ils estiment que la menace est trop grande. » Il s'est tu quelques instants « Un conseil, arrête de laisser des cadeaux à ton portail. Pour le moment.

— C'est une façon de garder le contact, ai-je protesté.

— On gardera le contact. Sois-en sûre. »

Rick a passé le bras autour de mes épaules.

« Il me reste encore un jour. »

Je lui ai souri.

« N'oublie pas que les visites sont toujours officiellement autorisées, de temps en temps, d'une zone à l'autre.

— Alors, pourquoi les autres…

— … ne le font-ils pas ? Ils perdent l'habitude – de garder le contact. C'est un art en soi. Si on le fait avec régularité, c'est considéré comme un style de vie. » Il a souri à moitié. « De toute façon, on peut très bien traiter cette anomalie juridiquement. Ils ne cessent d'ajouter des clauses aux nouveaux projets de loi. La fermeture des bureaux de poste montre bien que c'est possible. Tu sais, je rêve parfois que je téléphone. »

Le lendemain, Rick et moi avons réitéré la promenade du jour de mon arrivée. La moitié du champ était moissonnée. Au retour, nous avons vu Dana pédaler vers nous. Une sorte de déjà-vu, sauf qu'Adrian, Jill et les deux garçons ne la suivaient pas. Son visage n'exprimait aucune joie.

« Ross, s'est-elle écriée. Il a résisté. Il leur a dit que ses caisses étaient sa propriété.

— Oh, Seigneur ! a soufflé Rick.

— Ils l'ont emmené, a poursuivi Dana.

— Écoutez ! »

Rick nous a intimé le silence. Nous avons entendu le deuxième coup de feu.

« Pourquoi ? ai-je demandé, même si je connaissais déjà la réponse.

— L'opiniâtreté est un délit puni par la loi, a conclu Rick. On l'enterrera à côté de l'autre vitrier. »

Alors que nous descendions vers l'échalier, les moissonneuses se sont éloignées dans le champ. Le retriever noir a traversé le sentier en bousculant mon chien. Rick poussait le vélo de Dana. Nous nous sommes donné la main pour le suivre.

La maison était murée.

« J'aurais dû mettre une de tes peintures dans ma voiture, ai-je dit à Dana.

— Je recommencerai. Près de chez toi, sur la côte. Nous te rejoindrons, d'une manière ou d'une autre. »

Les autres étaient partis. Dana a cueilli quelques fleurs et les a placées dans ma voiture. Rick a apporté des fruits.

« Pour la route, a-t-il expliqué.

— Tu vas vraiment venir ? ai-je demandé.

— On va y arriver, chérie, a dit Rick. On va y arriver.

— Et Ross ? ai-je hésité.

— Ils le ramèneront demain. Je l'enterrerai. » Rick m'a tendu le morceau de cristal que nous avions trouvé dans le bois le premier jour de ma visite. « C'est un fragment de météorite. Adrian en était sûr. Garde-le. Il a traversé tant d'espace et de temps. »

J'ai caressé le cristal.

« Souvenir de cette belle vallée », ai-je murmuré.

J'ai serré Dana dans mes bras.

« Ciao, chérie », ai-je dit.

J'ai roulé lentement vers la côte, le long des jolies maisons soignées, aux fenêtres closes, aux jardins bien taillés.

Une journée pleine de légèreté

La journée était agréable. Le vent, doux et ténu sur la peau, amplifiait encore la chaleur du soleil. Les panaches d'écume des vagues scintillaient comme une peinture fraîche sur la mer. Une belle journée pour tomber amoureuse. J'ai retiré mes tennis, roulé mon pantalon jusqu'aux genoux, avant de patauger au bord de l'eau. J'ai attrapé mon chien, je l'ai lâché dans les vagues et je l'ai regardé nager jusqu'au rivage. Une belle journée pour tomber amoureuse. Les souvenirs encourageaient l'imagination. Il y avait bien longtemps qu'on ne pouvait plus jouir d'une telle liberté. Un temps pour sourire, pour chanter les matins. Une existence facile et tranquille. Je me suis aspergé le visage à l'eau de mer, avant d'en lécher le sel. Sensation érotique. En creusant le sable sous la mince pellicule d'eau, j'ai sorti un coquillage en forme d'utérus. Symbole de cette joyeuse journée. Il équilibrerait ces nombreux mois de douleur.

« Ohé, salut ! », a crié une voix dans ma direction.

Sebastian a dévalé la pente pour me retrouver.

« Je viens d'arriver », m'a-t-il lancé.

Il s'est débarrassé de ses sandales, avant de me rejoindre. Nous avons longé l'estran, bousculés par les vagues qui léchaient le rivage, imprimant nos empreintes de pas dans le sable. À l'approche des éboulis, nous avons sauté de rocher en rocher, rivalisant de vitesse comme des enfants. J'ai glissé et je suis tombée dans l'un des bassins. Du sang a dégouliné le long de ma jambe, rouge vif.

Sebastian m'a offert son mouchoir. Ce n'était rien. J'ai refusé son aide et j'ai rincé l'entaille avec l'eau verdâtre du bassin. Le picotement m'a rafraîchie.

« Pas d'inquiétude, ai-je dit. Nous sommes tous blessés. »

Sebastian a insisté pour que l'on soigne cette égratignure.

« C'est bon de savoir qu'on peut encore saigner, ai-je lancé. C'est presque exaltant. »

Sebastian m'a serrée dans ses bras.

« C'est un jour propice aux sensations », a-t-il dit.

Nous avons remis nos chaussures pour marcher sur le sable.

« Hier, j'ai demandé à Fiona de m'épouser, m'a-t-il annoncé. Elle a refusé de quitter le refuge.

— Oh, Seigneur ! »

Je lui ai caressé le bras.

« Ne t'inquiète pas, m'a-t-il assuré en riant. Nous sommes tous blessés.

— Pourquoi ? ai-je demandé.

— La peur, peut-être. » Sebastian s'est assis. « Ils instillent la peur, dans les refuges. La peur du monde extérieur. Aucun mal ne peut nous atteindre dans un refuge. Acclimatation rapide à la perte d'identité garantie.

— C'est dangereux, l'identité ? »

Je le savais déjà.

« L'identité appelle le danger. L'identité est constamment vulnérable. Les refuges offrent une forme de paix – un vide d'invulnérabilité, disons. » Il a lancé un galet dans la mer. « Je n'abandonne pas, a-t-il dit. Pas encore.

— Moi non plus. » Je l'ai tiré par le bras. « Allez, soyons courageux. Il y a un refuge à un kilomètre d'ici. On y va ? Ils accueillent les voyageurs, à ce qu'on dit. Certains restent peut-être, c'est toujours possible. »

Mon imagination débordante m'a fait rire.

« Moi aussi, je rêve, a dit Sebastian. Je n'arrive pas à la joindre. Mes lettres restent sans réponse. Pourtant, chaque jour, je lui demande de m'épouser – dans ma tête. » Il a tournoyé sur lui-même, avant de crier vers la mer : « Fiona, veux-tu m'épouser ? Fiona, épouse-moi, s'il te plaît. »

Je l'ai rejoint dans son délire.

« Fiona, ai-je braillé vers la mer, épouse Sebastian, je t'en prie. Il te bâtira une maison colorée dans un havre de sécurité. »

L'euphorie de Sebastian est subitement retombée.

« Tu veux savoir sur quoi je travaille ? Là, maintenant, sur ma table à dessin ? » Il était architecte. « Un refuge. Je leur ai dit qu'il me fallait un peu de temps. Voilà pourquoi je suis ici – en vacances.

— Tu peux refuser ?

— Non. En fait, c'est un défi. Aucune fenêtre. Il va falloir apporter la lumière autrement. Ça doit être possible. » Il a ramassé une poignée de sable. « Une substance comme ça, peut-être. »

Cinq enfants se sont approchés en courant à moitié – une fille et quatre garçons. Ils jacassaient comme des sauvages, un vocabulaire incompréhensible. Ils nous ont lorgnés avec mépris. L'un d'eux brandissait une bouteille de lait et l'agitait comme un trophée. Son doigt servait de bouchon.

Sebastian l'a attrapée. Elle était à moitié remplie de papillons. Il l'a levée bien haut. Lentement, quelques papillons ont rampé vers le goulot, avant de s'envoler. Les autres étaient déjà morts. Sebastian a jeté la bouteille à la mer. Deux des garçons lui ont flanqué des coups de pied aux chevilles. Je les ai frappés aussi fort que possible. Ils se sont enfuis en nous hurlant des obscénités. La fille n'a pas reculé. J'ai voulu lui expliquer sa cruauté, l'offense à la riche abondance de la nature.

« Vieille connasse », a-t-elle craché, avant de s'éloigner.

Nous sommes retournés au cottage en silence.

Alors que nous étions attablés dans le jardin pour déjeuner, quelqu'un a balancé une boule de poils au-dessus du portail. Nous avons entendu des gloussements, puis une cavalcade. Mon chien a bondi. Je l'ai attrapé et j'ai ôté la créature mutilée d'entre ses mâchoires. C'était un chaton : les deux yeux arrachés. Sebastian me l'a pris des mains, avant de se diriger vers la poubelle. J'ai repoussé mon assiette.

« Ils nous ont à l'œil, a dit Sebastian. On ferait mieux de faire pareil avec lui, là. » Il a hoché la tête vers mon chien. « Un jour ou deux, au moins. Jusqu'à ce qu'ils trouvent une autre cible pour exercer leur violence gratuite.

— Les enfants sont toujours des enfants », a fait une voix.

C'était ma voisine. Elle avait assisté à l'incident.

« En effet, oui, a répondu Sebastian.

— Vos roses sont énormes, cette année », m'a-t-elle dit.

Je lui ai proposé d'en cueillir quelques-unes.

« Juste une », a-t-elle murmuré.

J'ai coupé l'une des plus grosses fleurs que je lui ai donnée. Elle l'a flairée. Tout sourire, elle a placé sa main au-dessus des pétales, avant de les réduire en bouillie, abandonnant la tige à mes pieds.

« Merci », a-t-elle dit, avant de rentrer.

Sebastian était juste derrière moi.

« C'est une belle journée, tu te souviens ? Allons jusqu'à l'estuaire, par les collines et par les bois. » Il a mis des œufs durs et des pommes dans sa poche. « Pour tout à l'heure. Tu les mangeras. La faim revient toujours. »

J'ai adhéré à son idée, emportant une tablette de chocolat amer.

Un homme nous a suivis la moitié du chemin menant à la première colline, puis il a changé d'avis et s'est éloigné. Au sommet, nous nous sommes assis, les yeux levés vers le ciel.

Le vent léger a séché notre sueur. L'herbe était assez haute pour nous abriter des regards.

« Sebastian, ai-je dit, hier, mon nouveau manuscrit m'a été retourné par la poste. Déchiré. Endommagé pendant le transport, m'a-t-on dit.

— Ils s'en occupent eux-mêmes, a soupiré Sebastian.

— Luke a emporté un deuxième exemplaire en ville, aujourd'hui. »

Sebastian a sorti les œufs de sa poche. J'en ai donné une partie à mon chien. Un hélicoptère est passé au-dessus de nos têtes.

« L'isolement s'aggrave, ai-je repris. Pourquoi Fiona s'est-elle installée dans ce refuge ?

— On l'y a emmenée, a répondu Sebastian. Elle ne pouvait plus chanter. Elle est inactive, désormais. Définitivement, d'après leurs critères. L'opéra est un art dangereux. Ça implique trop de libertés. »

Plus haut, les oiseaux piaillaient, en groupes.

« Ils la maintiennent sous sédatif, a ajouté Sebastian. Il n'y a aucune porte dans ces refuges. On s'y promène dans toutes les pièces, tous les couloirs. Aucune fenêtre, bien sûr. L'air est renouvelé par une ventilation collective. C'est un peu la place publique. Tout le monde s'y rassemble. Ils regardent le conduit d'aération et s'attendent à voir le ciel. Rien. Une simple grille en acier boulonnée, par laquelle souffle l'air. La seule lumière provient des écrans de télévision, allumés en permanence. On m'a dit qu'ils ne remarquaient ni le bruit ni les images, au bout d'un moment. Au début, ça les brise. Il y a un poste dans chaque pièce. Je le sais grâce aux plans qu'on m'a confiés hier pour mon nouveau travail. Je suis censé améliorer les anciens modèles. Il y a eu des manquements.

— Des manquements ?

— Certains ressentent encore la douleur. Ils sont encore vulnérables. On considère ça comme une défaillance de conception. Je dois y remédier.

— Et quand toute douleur et toute sensation auront disparu ?

— Ils les laisseront sortir. Guéris – de l'identité. » Sebastian a écrasé sa coquille d'œuf, éparpillant les éclats dans l'herbe.

Nous avons marché vers les bois. À l'orée, le sentier restait frais et chaud, peuplé de sons brefs, furtifs : des oiseaux très actifs, un écureuil accroché à l'écorce d'un arbre, de petits animaux dérangés, trahis par un bruissement entre les fougères. Très bientôt, après la clairière au bout du chemin, nous apercevrions l'estuaire. Sous nos pieds, l'herbe évoquait un tapis de mousse vierge.

« Les jours comme ça, ai-je commencé.

— On a le cœur léger, a chantonné Sebastian.

— On souhaite n'importe quel miracle, ai-je poursuivi.

— On peut faire de grandes choses. »

Sebastian m'a donné la main.

Soudain, il m'a arrêtée. Devant nous, un jeune homme courait, hors d'haleine : il a disparu dans les fougères. Quatre hommes le poursuivaient, l'allure plus régulière. Chacun d'entre eux portait un épais rouleau de corde. Ils ne nous ont pas accordé un regard. Mon chien leur a aboyé dessus et leur a couru après. Sebastian l'a rappelé en sifflant. Nous avons repris notre marche en accélérant le pas. Quand nous avons atteint la clairière, face à l'estuaire, nous avons entendu des cris. Puis le silence.

La mer était la prolongation plate et brillante du sable.

Devant nous, le paysage semblait désert, intact, peinture sans cadre d'un horizon illimité. Plus bas, on trouvait une vieille ferme.

« Je boirais bien un verre d'eau, ai-je annoncé à Sebastian.

— On va leur demander », m'a-t-il répondu.

Sur le seuil, l'enfant nous a accueillis avec appréhension.

« Vous pouvez prendre une tasse de thé, a proposé la jeune femme après la requête de Sebastian. Je viens de remplir une théière. »

Nous nous sommes assis dans la cuisine lugubre, heureux de sa fraîcheur.

« Vous venez de la forêt, n'est-ce pas ? » a demandé la jeune femme.

Nous avons acquiescé.

« C'était mon mari. » Sa voix était morne. « Il a refusé d'appliquer les nouvelles méthodes. Il aimait ses animaux. » Elle a repoussé l'enfant. « Je lui ai dit qu'il aurait des problèmes. »

Nous avons terminé notre thé. Sebastian l'a remerciée. À la porte, elle lui a serré le bras :

« Ils vont l'emmener dans un de ces refuges ? » a-t-elle demandé.

L'enfant s'est mis à pleurer. La femme est rentrée, elle a claqué la porte derrière elle. Nous avons repris notre marche vers l'estuaire.

Une péniche aux couleurs vives était amarrée à la berge.

Trois jeunes hommes et deux filles nous ont salués.

« Nous sommes des voyageurs, ont-ils affirmé. Venez vous joindre à nous. »

Ils nous ont offert des boissons fraîches et des fruits. C'étaient des non-résidents, des gens qui se déplaçaient où bon leur semblait, très forts pour esquiver les problèmes, pour flairer les endroits dangereux. Ils faisaient des petits boulots en chemin, ramassant assez d'argent pour acheter de la nourriture et du carburant pour leur bateau. Ils ne restaient jamais longtemps au même endroit, ils ne provoquaient qu'un bref dégoût passager. Tels des joueurs professionnels, ils tentaient leur chance au jour le jour. Ils nous ont offert l'hospitalité, une amabilité temporaire. Ils apportaient des nouvelles, observant tout ce qui se présentait à eux au cours de leur promenade sans but, le long des canaux. Avec eux, on éprouvait un sentiment de sécurité trompeur. Ils nous ont proposé de poursuivre le voyage en leur compagnie.

Sebastian leur a exposé notre point de vue : « Nous avons tous les deux du travail – c'est notre choix. »

Ça les a fait rire.

« Nous, nous avons la liberté, a enchaîné l'une des filles.

— Pour quoi faire ? s'est enquis Sebastian.

— Pour avancer », a répondu l'un des jeunes hommes.

Nous n'avons pas poussé la discussion plus loin. Chacun d'entre nous devait envisager un avenir incertain et dangereux. Tout l'après-midi, nous en sommes restés à cette convivialité légère. On les connaissait comme des arlequins, mi-loufoques, mi-arnaqueurs. Parfois, des polichinelles locaux désœuvrés leur tombaient dessus quand ils s'amarraient pour la nuit. Si le temps le permettait, ils mouillaient leur barge un peu plus loin de la rive. L'expérience leur enseignait la prudence.

Nous les avons regardés s'éloigner à nouveau sur le canal, nous avons agité la main, et puis ils ont disparu.

« On devrait sans doute faire comme eux, ai-je dit. Nous laisser dériver.

— Pas ici, en tout cas. » Sebastian a souri. « Nous avons du travail.

— Pour combien de temps ? ai-je demandé.

— Pour toujours et à jamais. » Il a ri. « À jamais vulnérables, à notre façon. Légère.

— Et les pressions ? Les isolations forcées de plus en plus nombreuses ? Cette solitude aiguë ? »

J'ai martelé mes mots.

« Assimilés, utilisés, montrés, a rétorqué Sebastian. Il y aura toujours quelqu'un pour écouter, voir, entendre.

— Pour se tenir au courant ? »

Je me sentais abattue.

« Pour laisser la porte ouverte à l'imagination, à la créativité, a-t-il enchaîné. Il y aura toujours quelqu'un, quelque part, prêt à recevoir ce qu'on lui donnera. Ce coucher de soleil s'annonce merveilleux. »

Le soleil brillait, telle une pivoine rouge plantée dans le ciel.

Nous sommes retournés le long de la plage. La marée était basse. Nous avons répété notre danse matinale sur les rochers, sautant d'une pierre à l'autre. Les mouettes planaient, puis s'alignaient sur les brise-lames, avant de reprendre leur envol. Nous nous sommes gavés d'air marin. Nos corps scintillaient en cette belle journée. Nous avions vécu de graves périls, presque insupportables, mais la chance aidant, nous avions surmonté tout ça. J'ai voulu exprimer cette idée en remerciant Sebastian.

« On peut dire que nous avons gardé le cœur léger, je crois. »

Sebastian a lancé un morceau de bois flotté dans les airs pour que mon chien l'attrape.

Luke attendait à ma porte. Un signe, sûrement, que mon manuscrit avait été livré sans problème. Luke n'a pas souri quand nous l'avons rejoint.

« Sebastian, a-t-il commencé, Fiona est à l'intérieur. On l'a libérée ce matin. » Il a fait une pause, hésitant à prononcer le mot. « Guérie. »

Nous sommes entrés.

Fiona était assise sur une chaise, la tête tournée vers la fenêtre.

Luke a posé la main sur mon bras pour m'empêcher de me précipiter vers elle. Mon chien a aboyé, avant de lui sauter sur les genoux. Elle n'a pas fait attention à lui. Elle a tourné son visage vers nous. Elle n'a pas semblé nous reconnaître. Notre présence ne lui a pas fait le moindre effet. Ça ne la concernait pas du tout. Absolument inaccessible, incapable de nous identifier. *Guérie*, comme l'avait dit Luke.

Notre peine était immense. Nous sommes restés là, devant Fiona, partageant cette douleur dont elle resterait à jamais inconsciente.

Sebastian s'est approché d'elle.

« Fiona, a-t-il dit. Fiona, veux-tu m'épouser ? »

La fortune

Des panaches de brume tourbillonnaient rapidement autour de moi, puis s'éloignaient. Là-haut, le soleil affichait une teinte citron pâle. Le ciel bleu commençait à s'étendre. Mon chien se roulait dans l'herbe humide. La matinée s'annonçait sous les meilleurs auspices. Je m'étais mise en route très tôt. Pas trop, pour ne pas attirer l'attention. Je comptais longer les falaises jusqu'à ce que le phare apparaisse à ma vue. La mer s'étalait doucement, comme au ralenti ; d'ici, les vagues formaient de minuscules boucles d'écume blanche. Aucun bateau à l'horizon. À ma gauche, des hectares de terres basses ponctuées çà et là de petits bosquets. J'ai regardé derrière moi. Un nuage de fumée s'élevait de la vallée que j'avais dépassée. Ils brûlaient les chaumes.

Je me suis arrêtée pour contempler la mer ; la marée remontait. Les mouettes tournoyaient vers l'intérieur des terres, vers les falaises, puis, arrivées à quelques centimètres de la craie, repartaient vers le large. La brume s'évaporait. Le soleil dispensait sa chaleur. Tout en bas, sur les galets, face à la mer, j'ai aperçu trois hommes. L'un d'eux a levé les yeux. Je me suis écartée du bord de la falaise. Après le virage, j'ai aperçu le phare, au loin. Le paysage s'adoucissait ; une pente broussailleuse, parfois hérissée d'arbustes, remplaçait peu à peu les falaises. J'ai suivi le chemin qui serpentait entre les tamaris. Au détour du sentier, deux femmes d'âge moyen se dirigeaient vers moi. Avec précaution, j'ai modifié mon rythme pour avancer d'un pas tranquille. Je préférais ne pas les inquiéter ; elles n'avaient pas encore remarqué ma présence. Je leur ai adressé un sourire en les croisant, et j'ai senti leur soulagement quand je les ai saluées. Un peu plus bas, je me suis assise pour manger mon pain et mon fromage.

« Prends ton temps pour venir, m'avait écrit Tom. Pendant tout l'itinéraire, joue les promeneuses du dimanche parties pour une petite balade. »

J'ai parcouru pas mal de kilomètres, j'ai contourné la côte et j'ai débarqué sur la plage. Devant moi, le village. La marée était haute. J'ai marché sur le sable mouillé. Le phare se dressait un peu plus loin, repère plus ou moins obsolète.

Ce n'était plus qu'un poste d'observation. Un homme pêchait sur l'embarcadère à moitié démoli. J'ai retiré mon pull pour l'attacher négligemment sur mes épaules. Tout en marchant sur le sable, je gardais l'œil sur les terres. J'ai atteint les vagues, j'ai enlevé mes tennis, puis roulé mon pantalon jusqu'aux genoux, avant de patauger. En regardant la mer qui s'étendait devant moi, j'ai senti une pure bouffée d'exaltation. J'avais oublié que le monde était circulaire. D'une précision géométrique, la courbure de l'horizon me renvoyait à mon émerveillement d'enfant. La mer et le ciel offraient un réconfort. Je me suis frictionné le visage et les bras à l'eau de mer, puis je me suis retournée avec une joie soudaine.

Trois nageurs couraient vers moi. J'ai retenu mon souffle alors qu'ils me dépassaient, puis se jetaient dans la mer. Un court instant, leur élan a failli me renverser. Je ne les avais pas du tout remarqués. J'ai repris ma route, esquivant de temps en temps les vaguelettes sur l'estran. Après avoir grimpé sur un brise-lames, je me suis appuyée contre la paroi constellée de moules. J'ai mis mes lunettes de soleil, examinant la plage qui s'étalait devant moi. Mon chien a aboyé. Un labrador noir s'est approché de nous en agitant amicalement la queue. Un sifflet l'a rappelé vers son propriétaire, un homme grand et mince qui m'a adressé un hochement de tête en me contournant. J'ai caressé la digue incrustée de coquillages, j'ai plongé mes doigts dans des grappes d'algues, j'ai respiré l'odeur primitive de la mer. Il n'y avait personne en vue. Je suis repartie tranquillement en m'efforçant de me fondre dans le paysage. M'identifier à la mer et à la plage me procurait une illusion d'invisibilité.

Je suis tombée sur un gamin qui chassait des crabes dans un bassin, entre les rochers. Il a soulevé une petite créature, l'a agitée vers mon visage en grognant. J'ai voulu m'approcher pour renverser son seau, mais je me suis reprise et j'ai poursuivi mon chemin. Lui non plus, je ne l'avais pas remarqué.

« Avance calmement, avait écrit Tom, comme si tu étais du coin. »

En approchant du village, j'ai croisé des gens étendus sur le sable. Le long de la petite promenade, certains occupaient des chaises longues. Personne ne s'éloignait de la plage désignée. Je me suis approchée de ses limites en progressant sur le sable. J'y suis restée un moment. La plupart des gens étaient allongés, le visage enfoui entre leurs bras. J'ai tenu mon chien en laisse en m'engageant dans l'étroite rue principale, vers les bow-windows du salon de thé. Il restait un siège vide dans l'embrasure de la fenêtre. J'ai commandé un thé au lait. À la table voisine, une vieille femme pleurait. Personne ne faisait attention à elle.

« Vous êtes déjà venue ici », m'a dit la serveuse.

J'ai hoché la tête.

« Après le village, avait écrit Tom, souviens-toi du jeu de la fortune. Un, trois, cinq, répète. À toi de jouer maintenant. »

J'en comprenais les grandes lignes. Quelques années plus tôt, Tom et moi avions inventé le jeu de la fortune en voiture, en traversant une région inconnue. On choisissait un numéro. Ensuite, on tirait à pile ou face pour prendre à droite ou à gauche, et puis on roulait jusqu'au prochain croisement qui coïncidait avec le premier chiffre. Gauche ou droite, en fonction de la pièce, et ainsi de suite, jusqu'au dernier chiffre. Un voyage jalonné de découvertes. On ne savait jamais à quoi s'attendre, au bout de notre séquence aléatoire. Très souvent, on avait de la chance, on tombait sur un coin magnifique. J'avais baptisé ça le jeu de la fortune, parce que le hasard nous guidait et que, avec un peu de veine, on découvrait un bel endroit.

« Un jour, avais-je dit à Tom, je trouverai ma propre bonne fortune de cette façon. »

Tom l'avait trouvée, et j'y cherchais refuge. Il avait imaginé ce moyen pour m'indiquer l'endroit, car ce n'était pas raisonnable de le désigner dans une lettre qu'ils risquaient toujours de lire.

Quoi qu'il arrive, après avoir quitté le village, je devais m'en tenir à la séquence chiffrée de Tom. Tout retour en arrière, quelle qu'en soit la raison, compliquerait la direction qui, une fois altérée, serait impossible à retrouver. Avant de reprendre la route, j'ai visité le parc où j'ai nourri les canards d'une mare avec un petit pain que j'avais pris au salon de thé. J'ai fait un écart pour éviter deux garçons qui fonçaient sur moi. Je ne les avais pas remarqués. Je me suis assise sur le banc de bois, sous les branches qui pendaient depuis le jardin de la maison située derrière le mur. La scène m'était familière. J'en connaissais tous les détails. Elle contenait l'essentiel de mon passé. J'étais tentée de rester. Mais n'étant ni résidente ni visiteuse à proprement parler, il me fallait poursuivre mon chemin.

Deux jeunes s'appuyaient contre un panneau de signalisation, le long de la route à la sortie du village. L'un d'eux a voulu s'approcher de moi. L'autre l'a retenu. J'ai continué, consciente de leurs regards. J'ai soupiré de soulagement au croisement suivant, une fois hors de vue. Onze minutes plus tard, j'ai atteint la première bifurcation à gauche. De chaque côté de la route, des postes de péage suggéraient que je ne m'étais pas trompée. La voie était étroite et sinueuse, jalonnée d'arbres dont les branches se rejoignaient en formant une canopée naturelle. La pente était légèrement ascendante. Sur la droite, une clairière dans la forêt. Un homme à cheval, près d'une barrière en bois. Au début, je ne l'ai pas remarqué. Il a effleuré sa casquette. Je l'ai salué de la tête. Le chemin continuait à grimper. Au croisement suivant, devant un autre portail en bois donnant sur une clairière, un second cavalier se tenait immobile. Je me suis préparée à le saluer lui aussi d'un signe de tête. Il n'a pas cherché à me saluer. Son cheval a flairé mon chien. Sans me retourner, j'ai entendu le cavalier traverser la route, puis redescendre au trot le chemin que je venais d'emprunter.

La canopée s'épaissississait. Je me suis arrêtée pour tendre l'oreille. Seul le roucoulement des pigeons ramiers était audible. Légèrement réconfortée, j'ai hâté le pas, impatiente d'atteindre une portion de route plus dégagée.

Panique soudaine : avais-je manqué une intersection ? J'étais tellement concentrée sur le chemin à parcourir que je n'avais pas consciemment vérifié. Il y en avait une autre, un peu plus loin. Je me suis débarrassée de mes craintes et j'ai fait de ce carrefour le premier des trois prochains chiffres. Plus tard, j'ai atteint le deuxième embranchement à gauche. Un pavillon se dressait, à l'angle.

Une femme occupait un fauteuil à dossier droit ; elle m'a regardée passer. Je me suis retournée. Elle était déjà rentrée dans son pavillon. Une trouée s'ouvrait devant moi, là où cessait la canopée. En retrouvant la lumière du soleil, j'ai constaté que j'avais atteint le sommet d'une colline, et que la route redescendait en décrivant un lacet. J'apercevais une rivière au loin, et j'ai vaguement distingué le début du troisième virage sur ma gauche.

Des deux côtés de la route, des prairies luxuriantes dissipaient l'impression de claustrophobie brumeuse qui m'avait saisie sous les arbres. J'ai consulté ma montre ; il était presque six heures du soir. Encore combien de temps ? me suis-je demandé. J'ai descendu la colline et j'ai fini par franchir un petit pont, sur la rivière. Je me suis immobilisée au milieu du pont pour regarder en bas. Une jeune femme était assise sur la rive, les jambes dans l'eau. Elle m'a souri. Un jeune homme, que je n'avais pas remarqué jusque-là, s'est précipité hors de la rivière pour empoigner la jeune femme par le bras. Elle a fait un geste de protestation. Il l'a frappée au visage. Elle a penché la tête vers ses genoux. Il est demeuré debout et m'a regardée fixement. J'ai repris ma route en laissant la rivière derrière moi.

Sans y penser, j'ai pris le troisième embranchement à gauche, tâchant d'effacer de mon esprit cet incident pénible. J'ai atteint presque aussitôt le croisement suivant, le cochant mentalement comme le premier des derniers chiffres de Tom. Une série d'habitations quelconques espacées de quelques mètres suggéraient les abords d'un hameau. Je restais vigilante, consciente que d'autres routes pourraient suivre. Il n'y avait rien, pas le moindre village. J'avais chaud, j'étais fatiguée, assoiffée. Au virage suivant, j'ai repéré un pub. Je suis entrée pour commander du cidre, que j'ai bu assise sous le porche. L'un après l'autre, trois hommes sont sortis quelques instants, m'ont regardée, puis sont rentrés. J'ai laissé mon verre sur le siège. Des pas, derrière moi. Je me suis dépêchée. Quelqu'un m'a attrapé le bras. Je me suis retournée.

« La laisse de votre chien », a fait l'homme, en me la tendant.

Je l'ai remercié, maudissant ma réaction paniquée.

Au carrefour suivant, une église normande. J'ai franchi le portail de l'entrée et me suis dirigée vers le porche. La porte n'était pas fermée à clé. Je suis entrée. Des vitraux illuminaient la nef, traversés en partie par le soleil du soir. J'ai découvert un saint Sébastien au corps jaune, mutilé, étendu, un chien noir et maigre à ses pieds. Côté sud, un pilier de l'arc du chœur arborait un cercle de quatre pouces de diamètre, sans doute la signature d'un tailleur de pierre. Sur le mur nord, une tête sculptée, les yeux fermés, la bouche ouverte. J'ai laissé mes doigts courir sur ses traits. Le sol était dallé. Humide. Prise de frissons, je me suis retournée vers la porte. Une femme avec un chapeau occupait l'un des bancs. Avant de sortir, j'ai récupéré mon chien, laissant quelques pièces dans le tronc. Près du porche, deux grandes pierres droites se dressaient. Je ne les avais pas remarquées en arrivant.

« Les réserves du village. » La femme aperçue dans l'église était juste derrière moi. « Ça fait des années, bien sûr.

— Bien sûr », ai-je répondu.

Elle s'est éloignée en titubant. En la suivant, j'ai remarqué la tour ronde et siliceuse, collée à l'église. Je savais qu'il s'agissait d'une tour de guet. Jadis, on repérait les envahisseurs grâce à ce genre d'édifice. En levant les yeux, j'ai cru déceler un mouvement, un visage, un corps disparaissant furtivement. Peut-être un hibou préparant sa chasse nocturne.

Après l'église, le quatrième carrefour. La lumière déclinait. J'espérais que le dernier soit tout proche. La route était poussiéreuse, étroite, presque un chemin de terre, qui serpentait. Mon sens de l'orientation me faisait défaut. Devant moi, un portail en bois. J'ai bien failli louper le cinquième croisement à gauche. Un autre chemin de terre qui longeait le bois. J'ai compris que j'étais sur une colline surplombant une succession de vastes prairies. J'apercevais une rivière au loin, certainement celle que j'avais franchie un peu plus tôt. Le chemin se terminait brusquement. Et pas la moindre maison en vue. J'avais totalement perdu mes repères. M'étais-je trompée dans mes calculs ? Avais-je manqué un virage quelque part ? J'ai tourné en rond, en quête d'indices. Quelque chose a bougé dans le bois, derrière moi. Mon chien a aboyé. Un battement d'ailes. Sans doute un faisan. J'ai entendu un coup de feu. Tom avait-il pu se tromper lui aussi ? Un homme armé a émergé d'une clairière, un peu plus loin. Il m'a jeté un bref coup d'œil, avant de s'engager à grands pas sur le chemin que j'avais suivi. Le silence était effrayant. Aucun bruit d'oiseaux : ils avaient rejoint leurs nids pour la nuit.

Je voyais la lune se découper faiblement dans le ciel. Des amas d'étoiles se révélaient lentement. La promesse d'une nuit claire et lumineuse. En regardant derrière moi, vers le chemin que j'avais emprunté, j'ai remarqué un sentier, à gauche. En arrivant ici, je ne m'étais concentrée que sur les embranchements à gauche, vaguement consciente que d'autres routes partaient sur ma droite. Puis je me suis souvenue. Répète, avait écrit Tom, répète : un, trois, cinq. J'ai couru vers l'embranchement, un chemin bordé de haies très hautes, qui redescendait en bifurquant sur la gauche. Plus bas, un carrefour. J'ai pris la première à gauche. La lune était désormais au maximum de sa luminosité ; elle me procurait la lumière dont j'avais besoin. Puis j'ai vu l'église, la même église normande que précédemment. Par cette déviation, je retrouvais mon itinéraire précédent. Le prochain tournant me conduirait au pub. J'y trouverais à manger et à boire. En effleurant les vieilles pierres, j'ai revu la femme au chapeau qui m'observait depuis le porche. Elle s'est approchée de moi.

« Vous n'êtes pas la bienvenue », m'a-t-elle lancé.

Elle portait de grosses lunettes rondes. Elle tournait le dos à la lune. Je distinguais mal ses traits ou son expression.

« Saint Sebastian ne vous protégera pas, a-t-elle ajouté.

— Ses blessures n'étaient pas mortelles », ai-je instinctivement répondu.

Elle a sifflé de colère, avant de filer dans l'église. Soudain faible, j'ai dû m'appuyer aux anciennes pierres de taille, les bras tendus entre les deux dalles dressées. Après avoir secoué la tête pour me débarrasser de mon engourdissement, j'ai levé les yeux sur la tour de guet. Un homme regardait vers le bas. Je me suis précipitée vers le pub. J'ai essayé de me rappeler quelle intersection j'avais vue à droite de la route, lors de mon premier passage. Il y en avait une autre à suivre dans le deuxième chiffre de Tom. Je ne m'en souvenais pas. Cela signifiait qu'il me fallait gravir la colline, traverser la rivière, passer devant le pavillon, puis suivre la route couverte d'arbres. J'ai vaguement envisagé d'abandonner et de rester au pub toute la nuit, si possible.

« Vous allez loin ? »

C'était l'homme qui m'avait rapporté la laisse du chien que j'avais oubliée sur le siège, dehors.

Il était plus jeune que dans mon souvenir.

« Jusqu'à la route principale, ai-je dit.

— Je vais vous déposer », a-t-il proposé. J'ai hésité. « Ça fait un bon bout de chemin », a-t-il ajouté.

Je l'ai suivi dehors.

Il possédait une petite camionnette de ferme ; elle sentait le fumier.

« Ils sont occupés, ce soir, a-t-il dit, ils cherchent des gens en dehors de leur secteur. »

Il n'a pas posé de questions.

J'étais contente de la capote en toile. Elle me procurait un sentiment de protection. Nous avons traversé le pont de la rivière. J'ai aperçu plusieurs personnes sur le chemin de halage ; elles allumaient, puis éteignaient leurs torches.

« Vous pouvez vous reposer », a fait mon chauffeur.

Je me suis renfoncée dans mon siège. L'homme a ralenti. Sans regarder, j'ai su que nous avions atteint le pavillon.

« Ils connaissent ma camionnette, par ici », a-t-il repris.

J'ai compris qu'il avait ralenti pour qu'ils identifient plus facilement son véhicule. J'ai aperçu la femme du pavillon scruter la camionnette quand nous sommes passés devant. Du bras gauche, mon chauffeur a frotté son pare-brise, me dissimulant à tous les regards. Il a accéléré à nouveau quand nous sommes passés sous les arbres. Dans la lumière des phares, j'ai revu les deux cavaliers, au loin. Un de chaque côté de la route. Celui de droite a rejoint son compagnon. Son cheval a henni. J'ai frissonné, mais je n'ai rien dit. Mon chauffeur s'est arrêté au niveau de la route principale. Je l'ai remercié. Il a caressé mon chien.

J'ai pris à gauche. Il me restait cinq embranchements à gauche dans le dernier chiffre de Tom. Une épingle sur la route principale m'a immédiatement conduite à une autre intersection. Soulagée d'en avoir atteint deux en si peu de temps, j'ai couru vers le chemin. La pente, en descente, était abrupte. Devant moi, la route semblait particulièrement sombre. J'ai attaché mon chien, progressant avec précaution. Au bout d'un moment, j'ai entendu des pas. Je me suis figée. Les pas se sont arrêtés. J'ai continué. Le bruit des pas a repris. Des sons clairs et creux. La lumière était faible. J'ai levé les yeux. Je n'avais pas remarqué ce tunnel. Ces bruits de pas n'étaient que l'écho des miens. J'ai soupiré de soulagement, essuyant la sueur sur ma nuque. Au-dessus de ma tête, un bruit étrange, pas vraiment des pas, mais similaire. J'ai écouté attentivement. J'étais sous une autre route, celle que les arbres recouvraient presque entièrement. C'était le martèlement des sabots des chevaux. Effrayée, presque paniquée, j'ai lentement repris mon avancée. J'apercevais désormais une ouverture, droit devant moi. Je sortais du tunnel. Devant, à gauche, j'ai vu un autre tournant.

Serais-je vraiment à découvert en quittant le tunnel ? La distance me séparant de la prochaine intersection semblait courte. J'ai décidé d'avancer lentement. En courant, je risquais de glisser, de tomber, de faire du bruit. Mon chien aboierait. Au-dessus de moi, j'entendais les chevaux trotter de gauche à droite, croisant sans cesse leurs propres traces. Il ne me restait qu'à prier pour que les cavaliers me tournent le dos quand j'émergerais du tunnel. J'ai pris mon chien. J'ai avancé comme dans un cauchemar. J'ai entendu les chevaux derrière moi. J'ai vite tourné à gauche, dans une ruelle encaissée, cernée de hautes haies. Je me suis appuyé contre les ronces et j'ai soupiré de soulagement. J'étais hors de vue.

Le chemin décrivait un demi-cercle. J'ai posé mon chien au sol, sans lâcher sa laisse. Dans l'ombre, loin devant, j'ai aperçu le reflet des lumières d'une maison. Deux jeunes ont couru vers moi. Mon chien a aboyé. Ils ont grogné en simulant des hurlements canins. J'ai trébuché sur une vieille borne, j'ai juré, je me suis frotté la cheville, puis j'ai vu le dernier embranchement. Je m'y suis précipitée, avant de m'arrêter net, devant un mur, un très haut mur, le dernier chiffre.

J'ai frappé la pierre, furieuse et frustrée. Mon chien a aboyé, une série de jappements excités. J'ai examiné la paroi d'un peu plus près. Je n'avais pas remarqué la porte. Une porte en bois, verdie par le temps. Mes mains ont cherché un loquet, un bouton, une serrure : rien. J'ai pesé de tout mon poids sur le battant : elle était si ancienne qu'on aurait cru de la roche. Soit cette porte était verrouillée de l'autre côté, soit elle était totalement condamnée. Le mur m'a semblé vaguement familier. Puis je l'ai reconnu. C'était le haut mur qui ceinturait la maison, près du parc du village. J'étais revenue sur mes pas à force de tourner en rond.

« Bonjour, m'a lancé Tom en ouvrant le portail. Tu as réussi. Je savais que tu réussirais. » Il m'a entraînée dans le jardin, puis il a verrouillé le portail derrière nous, avant de me prendre la main. « Ils t'attendent », a-t-il ajouté.

Le jardin

Egon a couru jusqu'à la muraille à moitié effondrée.

« Attention », ai-je crié.

Il a bondi sur le parapet. J'ai fermé les yeux. Derrière lui, c'était l'à-pic, une vraie falaise, dépourvue de rebord, qui tombait tout droit sur la plage. Egon a sauté dans l'herbe, puis m'a serrée dans ses bras.

« C'est magnifique, a-t-il dit en reportant son regard sur le jardin. Je vais tout peindre, chaque centimètre.

— Ne refais jamais ça, l'ai-je grondé. Ce mur a plusieurs siècles.

— Le jardin aussi ?

— Oui, je suppose qu'il a toujours été là. Quelqu'un s'y est mis au XVIIIe siècle, il a taillé les arbres, construit les tonnelles, bâti le pavillon d'été, créé la roseraie, il a fait du paysagisme, planté des parcelles un peu plus sauvages.

— Un jardin d'agrément ? s'est exclamé Egon. Pour des agréments privés ?

— Avant, oui, ai-je répondu. C'est désormais un terrain communal. Ils tondent régulièrement, ils taillent quelques buissons, plantent de nouveaux bulbes, remplacent les bancs abîmés. Ce qui reste de la muraille s'écroule. Les orages ont fini par sculpter les arbres, les frondaisons pointent vers le nord. Le sel de la mer réclame son dû.

— Et quelle vue ! »

Egon a pivoté à nouveau vers la mer.

La vaste splendeur du plein été nous entourait. Le ciel était d'un bleu de Prusse, la mer inondée de soleil, la plage une bande de sable cannelle. De notre position au sommet de la falaise, le jardin ondulait en subtiles nuances de vert, mariées çà et là au jaune, au mauve et au rose des massifs en fleurs. Des touffes de romarin et de lavande poussaient comme des mauvaises herbes. La profusion des fragrances était entêtante. L'odeur piquante et humide de l'herbe fraîchement tondue évoquait des souvenirs d'enfance. Egon a effectué deux pirouettes, avant de tomber la tête la première sur le gazon. Une concentration de pâquerettes à cet endroit formait un halo autour de sa tête. Je me suis avancée vers la roseraie. Egon m'a rattrapée en courant. Ensemble, nous avons gagné l'enclos bordé de hautes haies d'ifs. Leur hauteur et leur épaisseur intensifiaient encore l'odeur des fleurs d'autan. Nous avons pris place sur un banc de pierre. Nous occupions le centre d'un cercle parfait.

« C'est magique, a commenté Egon.

— Le luxe », ai-je ajouté.

Le nuancier coloré des roses créait une débauche licencieuse et sensuelle. La chaleur, l'odeur, la couleur détendaient chaque nerf de mon corps. Impossible d'apercevoir la mer depuis cette roseraie. Seul le ciel bleu nous isolait dans une coque de volupté.

« Et c'est à deux pas de chez toi. »

Egon a détourné les yeux vers mon cottage.

« Viens, ai-je lancé, je vais te montrer le tunnel. »

Derrière les haies d'ifs, il faisait presque froid, tant les moments passés dans la roseraie nous avaient échauffé les sens. J'ai conduit Egon au centre du jardin, où un conclave d'arbres dissimulait la pente et l'entrée du tunnel. Une énorme excavation en brique, sombre et humide, une déclivité gothique qui débouchait sur une haute grille en fer forgé, à travers laquelle scintillait un paysage ensoleillé.

Egon a savouré l'écho de sa propre voix en courant à moitié vers la grille.

Trois enfants nous ont dépassés en sifflant.

« Parfois, ils verrouillent la porte », ai-je dit.

Elle n'était pas verrouillée. Les enfants l'ont poussée, nous les avons suivis. Nous avions atteint la plage, face à la mer. Nous avons levé les yeux vers la falaise, d'un blanc aveuglant, avant de courir vers les vagues. Mon chien a creusé le sable avec frénésie. Les enfants sont passés à côté de nous en hurlant, à grand renfort d'éclaboussures.

« Bon Dieu ! » s'est écrié Egon en leur courant après. Il en a attrapé un. Les enfants lui ont crié dessus. Egon les a insultés. Ils se sont enfuis. Il est revenu vers moi en tenant une petite créature toute mouillée. C'était un renardeau. « Ils essayaient de le noyer, a-t-il expliqué.

— Ramenons-le au jardin, ai-je proposé. C'est là qu'ils vivent. »

Egon a voulu sécher le renardeau avec son mouchoir. L'animal l'a mordu. Nous avons ouvert la grille et l'avons relâché. Une rigole de sang dégoulinait du poing d'Egon.

« Rentrons vite, ai-je dit, il faut désinfecter ça. »

Nous avons traversé le jardin, dépassé le pavillon d'été et la roseraie, jusqu'à mon cottage. De mon portail, on apercevait certains arbres du jardin, ainsi qu'une partie de la muraille.

« Heureusement que c'est ma main gauche, a constaté Egon.

— Dans le jardin, on oublie facilement.

— J'oublie la plupart du temps, a dit Egon, j'ai tellement de travail. Rien ne m'arrêtera. »

Après le thé, Egon a enchaîné croquis sur croquis, travaillant rapidement, très concentré. Tous étaient liés au jardin. Il avait réquisitionné mon appentis, le transformant en atelier. Il avait perdu le sien à Londres. *Glané*, comme ils disaient – vague référence allégorique à ce qui subsiste et qu'on ramasse après la moisson. Protester n'aurait servi à rien. Egon était parti, récupérant le matériel qu'il avait pu sauver de la démolition. Un événement arbitraire, une question de chance. L'atelier voisin d'Egon n'avait rien subi. Un seul servait d'avertissement.

Plus tard dans la soirée, nous sommes allés au hangar à bateaux. Nous nous sommes installés dans la véranda de Mike, avec un verre de muscadet, face à la mer. La chaleur de la journée s'attardait dans l'atmosphère. Nous n'avions croisé personne en chemin. Le soir, en général, les gens restaient à l'intérieur.

« Pourquoi as-tu abandonné ? a demandé Egon à Mike, une pointe de défi dans la voix.

— Je n'ai rien abandonné, a répondu Mike. Je me repose, voilà tout. Construire des bateaux, j'ai ça dans le sang de toute façon. Une vieille affaire de famille. Je me suis dit que ça me servirait en attendant. » Il s'est tu quelques instants. « Je reste attentif.

— Moi, je n'abandonnerai jamais », a rétorqué Egon.

Mike a souri.

« Je prends le temps de me renouveler. Je serai prêt dès que ce sera un peu plus calme.

— Ça va se calmer ? ai-je demandé.

— Pas pour l'instant, je pense », a répondu Mike.

Il était sculpteur. Ils l'avaient *glané* sur la côte Est, il était parti plein sud, retrouver ses racines, où il avait ressuscité le travail de son père. Être utile restait toléré, même si cela encourageait leur surveillance. L'art et l'artisanat individuel n'étaient pas officiellement interdits, plutôt découragés. Le travail d'équipe était la norme, désormais.

« Demain, j'emporterai mon carnet de croquis au jardin, a dit Egon.

— Vas-y doucement, est intervenu Mike. Ils surveillent toute la zone. Une fois *glané*, tu es sur leur liste. »

Ils ont discutaillé une bonne heure. Thoby arriverait d'ici à quelques jours. Il apprendrait la prudence à Egon.

« Rentrons à la maison en passant par le jardin. »

Egon était focalisé là-dessus.

Nous avons entendu la renarde appeler ses petits, un cri sinistre. Quelqu'un courait dans le tunnel. L'écho de ses pas nous a rattrapés. La grille s'est ouverte dans un cliquetis, avant de se refermer en claquant. La lune projetait des traits de lumière. Un vent léger provenait de la mer. Le fer forgé du pavillon d'été évoquait un lacis dans la clarté lunaire. Nous sommes entrés. Une jeune femme était étalée sur le sol. Elle geignait. Une sirène a gémi. Deux ambulanciers sont arrivés avec un brancard. Nous sommes restés dehors. La jeune femme a été emmenée. Un autre homme est entré, un seau à la main. Nous ne l'avions pas vu s'approcher. Il a jeté des poignées de sable sur les petites flaques de sang gluant, puis il est parti. Il n'y avait rien à dire. On ne posait pas de questions.

Nous avons lentement marché jusqu'à la muraille qui longeait la falaise. Côté mer, un trois-mâts à gréement carré était amarré au bout de la jetée. Les lumières du pont projetaient des reflets ridés sur la mer.

« Qu'est-ce que c'est ? a demandé Egon.

— Un bâtiment de surveillance, ai-je répondu. Ils se déplacent le long de la côte. Mike avait raison. C'est notre tour, maintenant. »

Dans la pénombre, on apercevait des hommes grimper et descendre les échelles de bord, passant d'un pont à l'autre, massés sur les plats-bords. Nous avons entendu l'ambulance, au loin.

Vers quatre heures du matin, j'ai réveillé Egon pour lui raconter mon rêve.

« J'ai rêvé de ma mort, ai-je commencé. J'étais attachée sur un cheval. Un soldat casqué avec une longue lance couronnée d'un immense marteau m'a frappé le dos. Trois fois. J'ai entendu le cheval hennir. Le soldat était assez impersonnel. Nous étions sur une terrasse, au pied d'une haute tour carrée. Sous un soleil méditerranéen. J'ai vu mes yeux. Ils étaient bleus. La douleur était atroce. J'en sens encore la brûlure. »

Egon m'a doucement caressé le dos.

« Bon Dieu, a-t-il dit, la plaie s'est rouverte. »

Il a essuyé le sang de sa main qui avait dégouliné sur ma peau.

J'ai fait du thé, puis j'ai ouvert les fenêtres. Je sentais la mer, j'entendais les vagues. L'aube pointait déjà. Quelqu'un a franchi le portail de mon jardin. Mon chien a aboyé.

« Salut, a lancé Thoby. J'ai fait aussi vite que possible. Je me suis dit que tu aurais peut-être besoin de moi.

— Je vais saluer l'aube dans le jardin. »

Egon a enfilé un jean et un pull. Il a ramassé son carnet de croquis et ses crayons avant de sortir.

« On va petit-déjeuner dehors – *à la belle étoile*[1] ! » Le sourire de Thoby était rassurant. « J'arrive de l'île, a-t-il expliqué. J'ai laissé mon bateau chez Mike.

— Egon est imprudent, ai-je dit.

— C'est pour ça que je suis là, a enchaîné Thoby. Je me disais bien qu'il serait là.

— Peux-tu... ai-je hésité.

— L'en empêcher ? Non, je ne ferai pas ça. Je ne peux que veiller sur lui. La destruction de son atelier... ça l'a inspiré. On ne peut rien faire contre ça.

— Pas même si...

— Tu voudrais que je te force à arrêter ? »

Thoby a levé les mains.

Après le petit déjeuner et la baignade, nous sommes allés au village. Sur la pelouse, nous avons vu une affichette plastifiée : *Enquête en cours*. La légère atmosphère de malaise ne nous a pas dérangés. Pour nous, c'était une réaction naturelle. Les enquêtes étaient ambivalentes. Personne ne savait vraiment comment ils opéraient. Les rumeurs se contredisaient. Les enquêteurs se

1. En français dans le texte. *(N.d.T.)*

(comportaient de façon imprévisible. Ils restaient parfois sur leur navire, ou se rendaient à terre. Sortir de son secteur était considéré comme dangereux, quand ils traînaient dans les parages. On mentionnait la présence d'équipements de télévision longue portée. On avait quelques preuves de communications radio. Mieux valait ne rien remarquer, ou plutôt éviter d'avoir l'air d'avoir remarqué. Il fallait continuer, comme d'habitude. Certains ne pouvaient supporter cette tension et craquaient, même si personne ne pouvait mesurer la nature de cette surveillance renforcée. De temps en temps, quelqu'un était *glané*. Un solitaire, souvent, qui pratiquait son art ou son artisanat. On détruisait alors son travail de façon presque désintéressée. Rien de plus, sauf si l'individu en question résistait.

« J'ai repensé à cette jeune femme, hier soir, ai-je dit, avant de relater l'incident à Thoby. C'était une tisserande. » Il y avait plus. « Elle travaillait sur une série de motifs inspirés par le jardin. »

J'ai poussé Thoby dans une ruelle adjacente. Nous avons marché avec précaution vers la grange qui avait servi d'atelier. Toutes les fenêtres étaient brisées. Nous avons jeté un œil à l'intérieur. Le métier à tisser était détruit. Un chat noir a filé entre mes jambes. Thoby est entré, il a trouvé de la nourriture et du lait. Nous sommes retournés dans la rue principale pour faire nos achats.

L'afflux des touristes ne me surprenait pas vraiment. Telles des sauterelles, ils avançaient en nuées dans le sillage des enquêteurs. Ils se déplaçaient lentement, d'une zone sous surveillance à l'autre, trompant leur ennui par de petits actes de vandalisme, jetant leurs déchets dans la rue, dévisageant d'un œil mauvais quiconque les croisait, chassant les passants de leur chemin. Ils encourageaient leurs enfants à caillasser les animaux domestiques. Certains n'y survivaient pas. La nuit, ils épiaient les fenêtres, ils espionnaient partout où ils pouvaient, ils hurlaient dès que les gens dormaient, brisant les bouteilles de lait, balançant leurs canettes de bière. Très souvent, ils urinaient ou déféquaient sur le pas des portes. D'un point de vue physique, ils étaient uniformément laids, leur allure tendait vers le grotesque. Ils occupaient le belvédère. Des touristes, avides des *glanages* qu'une enquête entraînait souvent. Si rien ne se produisait, leur attitude se modifiait un brin, ils laissaient leur cruauté frustrée s'exprimer par la violence – saccager un jardin, brutaliser un chat errant, tout et n'importe quoi. En cas de *glanage*, ils s'agglutinaient sur la zone de destruction, titillés par chaque détail de l'événement, le visage gonflé de plaisir. C'était le seul moment où on les voyait sourire. Ensuite, ils repartaient aussi lentement qu'ils étaient venus.

Nous sommes allés au jardin. Les touristes n'y étaient pas. Par petits groupes, ils restaient au pied de la muraille. Nous avons retrouvé Egon. En revenant dans la rue, ce dernier a fait tomber son carnet de croquis. Il s'est ouvert. Je me suis penchée pour le ramasser. Les touristes m'ont encerclée. Egon a bondi.

« C'est à moi », a-t-il lancé d'un air de défi.

Les touristes ont marmonné entre eux. Thoby a empêché Egon de leur parler.

À notre retour, Mike nous attendait. Il est resté déjeuner. Au café, il a dit :

« Deux d'entre eux sont passés au hangar, ce matin. Un petit boulot de réparation, sur l'un de leurs canots. J'ai fait en sorte qu'ils puissent fureter un peu partout. J'avais pris un assistant, histoire de suggérer une activité florissante. » Il a marqué un léger temps d'arrêt « Ils ne reviendront pas. Egon, je te propose de transférer ton travail chez moi. Temporairement. Évitons de faire de cet endroit une cible, non ?

— Je suis là pour ça, a dit Thoby, pour former une équipe.

— Je n'ai pas peur, ai-je ajouté.

— Toi et moi travaillons ensemble sur un livre. » Il a souri. « Moi, je resterai assis avec un tas de livres de référence sur les genoux pendant que toi, tu travailleras.

— Je ne m'arrêterai pas, même temporairement, a déclaré Egon.

— Bien sûr que non. » Thoby a feuilleté le carnet d'Egon. « Tu as bien assez de matière pour tes peintures.

— Pas assez, non. » Egon s'est levé. « J'ai réservé la petite enceinte avec les ifs, cet après-midi.

— Ça ne pouvait pas attendre ? »

Il fallait que je demande.

« Non, chérie, a dit Egon. Si j'attends, je vais tout perdre. »

Je l'ai regardé partir. Au portail, il nous a soufflé un baiser.

Mike et Thoby ont transporté le matériel d'Egon de l'appentis à la camionnette de Mike.

J'ai promené mon chien sur la plage, puis je me suis assise pour contempler la mer pendant une heure. Le gréement évoquait une grue géante. Le navire ne montrait aucun signe de vie. Il n'y avait pas le moindre touriste sur la plage. Seuls quelques enfants jouaient à s'éclabousser. Je me suis levée, puis j'ai pris la direction du jardin en passant par la grille du tunnel. Là, de chaque côté des battants, deux groupes de touristes traînaient le long de la falaise. J'ai failli rebrousser chemin. J'ai passé la laisse à mon chien, avant d'ouvrir la grille. Elle a claqué derrière moi. Je me suis retournée. Les touristes m'observaient. Ils n'ont fait aucun geste pour me suivre. J'ai remonté le tunnel, veillant à maintenir un pas tranquille. En sortant, près des arbres, j'ai senti la chaleur de la journée porter les odeurs du jardin. De là où je me tenais, j'en voyais chaque contour. J'ai décelé une pointe de romarin, puis j'ai humé les petites fleurs bleues. Un bruit indéfinissable m'a mise sur le qui-vive. Derrière la muraille, les touristes observaient les alentours, en rangs, comme des sentinelles. Ce que j'avais entendu était la rumeur générale de leur excitation.

« Egon ! » ai-je crié, puis je me suis arrêtée.

J'ai fait un détour pour rejoindre les haies d'ifs. Egon n'y était pas. Dans l'herbe, quelque chose a attiré mon attention. Je l'ai ramassé. C'était un crayon à papier 5B. Inquiète, je me suis assise sur le banc. Les teintes des roses se fondaient entre elles. Dehors, le bruit était plus audible. J'ai pris conscience qu'il augmentait. Soudain, le silence. Thoby est arrivé en courant.

« Tu l'as vu ? » m'a-t-il demandé.

Je lui ai montré le crayon 5B.

« Ils sont passés par ton appentis, m'a annoncé Thoby. Ils n'ont rien trouvé, alors ils sont repartis. »

Nous sommes sortis de l'enclave formée par les ifs. Thoby m'a tenu la main. Les rangs des touristes avaient doublé.

« Ils flairent la menace, a dit Thoby. La menace pour les autres.

— Pourquoi ne viennent-ils pas dans le jardin ? ai-je demandé.

— Méfiance, a dit Thoby. Le jardin est beauté, sensualité, mystère, imagination. Ils sentent le piège.

— Et nous y allons justement pour ça ?

— Oui, c'est notre piège à nous. Les touristes préfèrent le béton. Regarde leur passion pour les marinas. Pas pour les bateaux, non, pour les parkings, les salles de jeux vidéo, la prolifération des restaurants, les immeubles modernes, les blocs d'appartements. Ils aiment voir l'océan expulsé de son territoire naturel par le béton. Ils détestent les plages pour les mêmes raisons. La liberté d'un bain de mer les met trop mal à l'aise, ils préfèrent les piscines. Ils n'aiment rien tant que s'asseoir dans leur voiture et contempler la mer bien à l'abri depuis une monstrueuse marina.

— Notre piège ? » Je me suis agrippée à ce mot. « C'est pour ça que le jardin est désert ?

— Dans un sens. Nous y allons bien, non ? Attirés par ses dangereux attraits. » Thoby m'a paru triste, un court instant. « Oui, nous marchons délibérément vers le piège.

— Comme Egon ? »

Puis nous les avons vus. Trois d'entre eux. Ils se sont faufilés entre les touristes pour gagner le jardin. Ils marchaient vers le pavillon d'été.

La porte du bâtiment s'est ouverte. Egon est sorti, rivé à son carnet de croquis. Il les a vus. Il est resté immobile un instant, puis s'est enfui.

« Arrête-le », ai-je soufflé.

Thoby lui a couru après, mais il n'était pas assez rapide. Ils ont encerclé Egon. Il leur a balancé son carnet de croquis, avant de foncer vers le mur qui longeait la falaise. Il a bondi sur le parapet. Ils se sont approchés de lui. J'ai ramassé le carnet. Egon a ri. Puis il a basculé en arrière, bras écartés. Les trois hommes se sont retournés, puis ont rejoint les touristes.

Momentanément pétrifiée, j'ai vu les touristes s'éloigner lentement. Thoby a filé vers le tunnel. J'ai jeté le crayon 5B dans l'herbe et j'ai couru pour le rattraper.

Egon gisait contre la grille. En l'ouvrant, Thoby a repoussé le corps. Il a roulé sur lui-même, mou. Je me suis penchée vers lui, avant que Thoby m'en empêche. Il m'a relevée. J'ai regardé le sang sur mes mains.

« Va chercher Mike », m'a demandé Thoby.

Je suis repartie vers le jardin, puis vers le village, dépassant le pavillon d'été et la roseraie. Je les ai vus retirer l'écriteau *Enquête en cours*. Je tenais toujours le carnet de croquis d'Egon. Il était gluant de sang, entre mes doigts.

Bonjour, mon amour

« Bonjour, mon amour », disais-je chaque jour, chaque matin.

Un salut à l'espace, au temps. Un rituel. Pour garder la main. Il était toujours possible qu'à travers l'espace et le temps mon salut soit entendu. J'ai ouvert les fenêtres, humant la luxuriance de l'été. Je suis allée dans le jardin, j'ai compté les fleurs nouvelles, écloses depuis la veille, effleurant la douceur de laurier-rose des hydrangées aux pétales roses et dentés, j'ai arrosé ma collection de galets posés sur le rebord des fenêtres, aumône à la chance. Imprégnés, ils luisaient de tout un univers de couleurs sombres. Je me suis installée au jardin, laissant la chaleur du soleil couvrir mon corps de sueur.

Je pouvais voir la mer, une béatitude de bleu. Quand Tim viendrait, nous irions nous baigner. Mon chien a dévalé la pente vers la plage. Il a mâchouillé du bois flotté, avant de le rapporter devant mon portail. Je suis rentrée dans la maison, j'ai rangé l'intérieur, j'ai pris un bain. Les rayons du soleil brillaient à travers le panneau de verre multicolore que Tim m'avait fait. J'ai touché la surface, caressant chaque gouttelette ; on y trouvait toutes les nuances colorées du spectre. La maison était prête à recevoir des invités.

Tim est arrivé avec un panier de prunes. Nous en avons emporté quelques-unes sur la plage.

« Tu ne fermes pas à clé ? a demandé Tim en regardant le cottage.

— Pas la peine », ai-je répondu.

Nous avons joué aux dauphins en barbotant dans les vagues. Tim a nagé vers le large. J'ai fait la planche. Mon chien aboyait au bord de l'eau. J'apercevais la moitié supérieure de la tour.

Après nous être séchés au soleil, nous avons mangé les prunes, puis nous avons marché jusqu'au village, dépassant la tour qui n'avait pas de fenêtres. Deux rues plus loin, le pavillon gris, volets fermés, semblait inhabité.

« Pas de nouvelles ? » a demandé Tim.

J'ai secoué la tête, encaissant la douleur ravivée par les souvenirs.

À l'épicerie du village, nous avons acheté des œufs, du pain et des tomates. Le couple qui vivait à côté de chez moi se disputait sur le trottoir. La commerçante souriait de contentement.

« C'est une forme de communication, a dit Tim.

— On a plein de visiteurs au pavillon gris, a sifflé la commerçante, toutes les nuits. Et toutes les lumières allumées, absolument toutes. » Tim a ramassé sa monnaie. « Des parasites, des flagorneurs. » La commerçante a jeté un regard furieux à Tim. « De la compagnie, bien sûr », a-t-elle ajouté.

Nous sommes sortis.

« J'aimerais que ce ne soit pas si près, ai-je lancé à Tim.

— Ce serait toujours près, peu importe où. » Tim m'a pris la main. « Il faut accepter les cercles de la jalousie et de la frustration. S'isoler d'eux. Les laisser s'épuiser.

— Ils se renouvellent sans cesse », ai-je dit.

À l'intérieur, j'ai instinctivement pris le livre sur mon étagère.

« Encore une feuille arrachée. »

J'ai montré le livre à Tim.

« Ça ne change rien au don, a-t-il remarqué en me serrant contre lui. La pression augmente. »

Il a remis le livre en place.

Je me suis installée au jardin pendant que Tim préparait le déjeuner. Je l'ai entendu chantonner dans la cuisine. La malveillance de la commerçante m'est sortie de la tête quand j'ai pris conscience que j'étais toujours en vie, capable, à travers l'espace et le temps, de garder la main.

« Bonjour, mon amour, ai-je dit, quand Tim est apparu avec un plateau-repas. Je m'entraîne, ai-je ajouté.

— Continue, ça pourrait devenir intéressant. » Tim a servi le repas. « On a une visite à faire, cet après-midi. »

Je me suis souvenue.

« Ils vont s'en rendre compte, non ?

— Et ? » a fait Tim.

Après le déjeuner, nous avons roulé vers l'intérieur des terres. On nous a arrêtés deux fois. Tim a montré son laissez-passer de voyageur. On nous a fait signe de continuer. Nous avons ouvert toutes les fenêtres de la voiture. La chaleur s'intensifiait. Nous avons quitté l'autoroute pour nous engager sur les chemins. Nous avons traversé le pont, lentement, à cause des ornières profondes de la voie désaffectée. La Folie nous faisait face. Tim est sorti pour ouvrir un portail délabré. Effrayés, des dizaines de cochons d'Inde se sont mis à l'abri sur la rive du ruisseau boueux. Nous avons roulé prudemment dans la cour.

Autrefois, le bâtiment était l'exemple type de la laiterie du début du XIXe siècle. Aujourd'hui, son complexe de stalles, de granges et de greniers était décrépit, sans le moindre entretien. Un véritable dépotoir. La cloche de la tour de l'horloge était rouillée. De simples pigeons occupaient le colombier. Les quartiers résidentiels de Tessa étaient tout aussi négligés : un campement tsigane encombré de jouets, de vêtements, de caisses d'emballage, de malles et de meubles poussiéreux, mal assortis. Un Blüthner trônait seul dans une cellule blanchie à la chaux. L'accueil de Tessa était bien trop exubérant. Son enfant autiste s'accrochait à elle. L'autre garçon m'a fait visiter la Folie, m'initiant à toute une série de jeux imaginaires. Il était beau et blond, comme indifférent aux décombres qui l'entouraient, désireux pardessus tout d'affirmer un bonheur indépendant.

« Tu veux rester ici avec moi ? » m'a-t-il lancé.

Nous avons retrouvé Tessa et Tim.

« Qu'est-ce que tu prends ? m'a demandé Tessa. J'ai tout ce que tu veux. Il m'a laissé beaucoup d'argent. Tu vois bien. Ici, on a tout ce qu'il faut. Je vais engager un précepteur pour les garçons. On ne manque de rien. Regarde autour de toi, nous sommes très bien pourvus. C'est l'abondance. Je voudrais faire de cet endroit un théâtre, un théâtre dédié aux arts. On pourrait tous y faire n'importe quoi. Tout ce que nous voulons. La porte est toujours ouverte. Tout est prêt. Nous ne manquons de rien. J'ai beaucoup d'argent.

— Nous prendrons du thé, Tessa, s'il te plaît, a dit Tim. Tu veux que je m'en occupe ? »

Il s'est attelé à la tâche.

Tessa s'est assise, puis s'est mise à pleurer. L'enfant autiste lui a donné un coup de pied. L'autre garçon m'a attirée dans la cour.

« Elle ne fait rien, a-t-il dit. Je peux sauter plus haut que toi. Regarde-moi. »

Il a sauté des marches donnant sur l'une des pièces de stockage.

Je suis retournée dans la cuisine.

« Je ne partirai pas, disait Tessa à Tim. C'est ma maison. Je l'ai achetée pour lui. J'y ai mis tout ce qu'il aurait voulu. Je ne partirai pas. Il pourrait revenir.

— Tessa, a murmuré doucement Tim, il est mort. Il ne reviendra pas. Tu dois partir, quitter cette ruine, refaire ta vie ailleurs, avec les garçons – fais-le pour eux, s'il te plaît.

— C'est à moi, a-t-elle gémi. Toute ma vie est ici.

— Tu l'as laissée se détériorer, Tessa. »

Tim a dessiné des motifs pour l'enfant autiste.

« Quand il reviendra, il reconstruira tout. Ce sera magnifique. Je veille sur cette maison pour lui, je la garde en sécurité.

— Rien n'est en sécurité, Tessa, a dit Tim. Encore moins ici. Tu dois partir.

— Ils ne peuvent pas m'obliger à partir. C'est à moi. Ma vie est ici.

— Ton chagrin est ici, a répliqué Tim. Tu es en danger, les garçons aussi.

— Je vais vous montrer, a déclamé Tessa, je vais vous montrer chaque petit morceau de ma vie. »

Nous l'avons suivie dans son parcours frénétique à travers la Folie. L'enfant autiste s'accrochait à elle. L'autre garçon m'a fait un clin d'œil, sans modifier son allure, concentré sur son propre bonheur. Nous avons fait le tour de la Folie qui avait abrité l'amour de Tessa. En passant devant la tour de l'horloge, j'ai levé les yeux vers l'échelle en fer de dix-huit mètres soudée au mur intérieur. Quand ils étaient venus le chercher, il avait voulu se cacher sous l'énorme cloche. Presque arrivé en haut, il avait glissé. Tessa s'était précipitée la première vers son corps. Il était poète, il écrivait sur le besoin d'amour. Tim a saisi l'enfant autiste, puis l'a hissé sur son dos. Le garçon a chanté de plaisir, plantant ses talons dans les épaules de Tim comme s'il chevauchait un poney.

« Tessa, s'il te plaît, l'ai-je suppliée. Pars avec les garçons. S'il te plaît. »

Son visage était sans expression. Elle se déplaçait comme un zombie de la grange au grenier, sur le plancher abîmé, butant contre les débris et les détritus de l'année passée, égarée dans son discours fébrile et les souvenirs épars de son amour perdu, se cognant la tête contre le bois pourri, s'agrippant au chaume emmêlé.

« C'est à moi, à moi, à moi, gémissait-elle.

— C'est ton chagrin, ai-je dit.

— C'est tout ce qui me reste », a-t-elle rétorqué. Puis, presque calmement : « Je refuse de nier la douleur. »

Nous avons vu leur jeep pénétrer dans la cour. Sans résister, Tessa s'est laissé conduire à la voiture. Tim s'est précipité.

« Nous reviendrons chercher les garçons plus tard, a lancé l'un d'eux.

— Je les emmène chez leur parrain, a répondu Tim. J'ai le permis. »

Après avoir déposé les garçons, nous sommes repassés devant la Folie. Les bulldozers étaient déjà au travail.

« Ils vont l'emmener dans… ? ai-je hésité.

— Dans l'une des tours, oui, a répondu Tim. Les tours de deuil pour ceux qui refusent de nier. L'amour est asocial, inadmissible, contagieux. » Il a souri. « L'amour implique la communication. Le chagrin d'amour est le pire des délits imaginables.

Il suggère que l'amour possède une certaine valeur, de l'empathie, de la générosité, du bonheur. Tessa est un cas extrême. Elle étalait son chagrin avec fierté.

— Et la moindre touche personnelle doit être effacée ? ai-je demandé.

— Ils l'ordonnent, oui. »

Tim s'est engagé sur l'autoroute. Nous avons roulé silencieusement jusqu'à chez moi. En dépassant le pavillon gris, nous avons entendu des voix stridentes – une soirée en cours. Toutes les lumières extérieures étaient allumées.

« Ça, c'est encouragé, a commenté Tim. La sécurité par le nombre est une forme d'isolement. »

Tim est resté deux jours de plus. Nous les avons passés à nager, à marcher, à parler, à nous gonfler d'amitié pour l'avenir. Dans une certaine mesure, nous faisions l'objet de soupçons. D'autres pages annotées ont été arrachées de mes livres. J'ai considéré cette mutilation comme une invitation à me libérer de mes attachements personnels. J'avais caché les lettres et les photographies dans le puits abandonné, au fond du jardin, soigneusement rangées dans une caisse métallique sous les briques du fond. C'était une forme de destruction – je ne pouvais pas les conserver chez moi – sans risque de les perdre.

Souscrivant à la mode locale actuelle, j'ai donné une petite fête, invitant tous mes voisins. Ils parlaient tous en même temps. Personne n'écoutait personne. Personne ne riait. Seuls Tim et moi échangions des sourires. Tous se sentaient mal à l'aise à cause de l'absence de poste de télévision. Quand ils sont partis, tous en même temps, en groupe, nous avons passé un peu de musique sur le gramophone. Un petit acte de résistance. Nous avons ouvert la porte donnant sur le jardin. Je me suis promenée dehors. La marée remontait. La pleine lune éclairait la plage de ses rayons changeants. La musique dérivait telle une odeur dans l'atmosphère nocturne. De l'intérieur, Tim m'a fait signe. Je me suis tournée dans la direction du pavillon gris.

« Bonjour, mon amour », ai-je dit sans lever la main.

Sur la plage, des mouvements ont attiré mon attention. Quelqu'un s'approchait de la mer. J'ai souri, heureuse que la joie ait poussé un nageur vers un plaisir solitaire. Je me suis appuyée sur le portail pour mieux voir. Quelqu'un m'a touché le bras. C'était ma voisine, la femme.

« Arrêtez-le, a-t-elle gémi.

— Tim ! » ai-je crié en tendant le doigt.

Tim a couru vers la plage. La femme pleurait.

« Il ne résistera plus. »

Je l'ai ramenée à l'intérieur. Tim est revenu, trempé, le visage triste.

« Je suis désolé, a-t-il dit à la femme.

— Où sont-ils ? a-t-elle demandé.

— Ils l'emmènent à la morgue, a répondu Tim.

— Je dois les rejoindre », a-t-elle enchaîné.

Nous avons tenté de l'en empêcher.

« Ils vont m'emmener à la tour, a-t-elle expliqué. C'est le seul endroit qui me reste. »

Elle a repoussé Tim. Nous l'avons regardée s'éloigner. Nous sommes restés dans le jardin jusqu'à l'aube, devant la mer. La femme n'est pas revenue.

« Elle a fait son devoir, a commenté la commerçante. Malin. On se passe des pleurnicheurs, ici. Ça perturbe l'ambiance du coin. » Elle s'est attardée avec ma monnaie. « Il y en a qui devraient pas être ici », a-t-elle dit.

Une fois Tim parti, j'ai repris ma vie de tous les jours, employant chaque heure aussi bien que possible. L'été facilitait les périodes de désœuvrement que j'occupais avec du jardinage, de longues promenades, des bains de soleil et de la natation. La nuit était réservée au travail, jusqu'à ce que, épuisée, je m'effondre dans le lit. J'écrivais des lettres aux amis. Parfois, j'allais jusqu'au pavillon gris.

« Toujours occupée ? » ricanait la commerçante.

On a bâti d'autres tours, sur la côte. Les week-ends, de nombreuses voitures pleines de promeneurs se garaient à côté. Les déchets de pique-nique s'amoncelaient contre les murs sans fenêtres, les petits garçons étaient encouragés à uriner sur la pierre. Un vieil homme a emménagé dans le cottage vide, juste à côté du mien. Il ignorait tous mes saluts et s'asseyait dans son jardin, où il somnolait la plupart du temps.

« Inoffensif, désormais. » La commerçante parlait de mon nouveau voisin. « Ils l'ont vidé, a-t-elle murmuré, avant de se rengorger. Plus de souvenirs, plus rien ! »

J'ai payé et je suis partie.

« Bonjour, mon amour », ai-je dit rentrant chez moi.

Le vieil homme s'est agité dans son sommeil. À l'intérieur, mon chien a aboyé. Personne. Il n'y avait plus de pages annotées à arracher dans mes livres. J'ai tout examiné soigneusement. Tout était comme je l'avais laissé. Une légère trace, comme une empreinte digitale, sur le panneau de verre de Tim. Ça pouvait être la mienne. Ce soir-là, je me suis rendue à une fête de voisinage, je suis repassée devant le pavillon gris. Les lumières étaient toutes allumées, mais aucun son ne provenait de l'intérieur. Plus tard, en rentrant chez moi, j'ai cru apercevoir une silhouette vêtue de noir, près de mon portail. J'ai couru vers elle. J'ai entendu un bruit de pas précipités. Inquiète, j'ai enchaîné les réussites jusqu'à l'épuisement, même s'il m'était impossible de dormir.

« Vous n'avez pas travaillé, hier soir, a dit la commerçante. Je vous ai vue jouer aux cartes, tous les rideaux ouverts. » Elle a souri. « Pas de problèmes, j'espère ? »

L'automne chassant l'été, mon rythme de travail s'est ralenti. J'attendais le retour de Tim. N'ayant pas de permis de déplacement, je ne pouvais pas quitter la région. Certains ont cessé d'écrire, ceux qu'on avait emmenés dans les tours. Ce genre de nouvelle était difficile à contenir. La journée, j'exhibais de plus en plus une certaine préoccupation pour les choses banales. Ce n'est que la nuit, rideaux tirés, que je m'enfonçais dans l'inactivité et l'imagination anxieuse. Le matin, j'étudiais mon visage dans le miroir, scrutant les signes de fatigue. Prise d'une détresse inquiète, je marchais le long de la plage. Je n'osais plus passer devant le pavillon gris.

« Vous avez l'air abattu », disait la commerçante.

Tel un moineau privé de compagnon qui poursuit son chant nuptial, attirant ainsi l'oiseau de proie, j'ai baissé la garde. Les gens me dévisageaient quand je les croisais sans les saluer. Je leur disais tardivement bonjour, alors qu'ils avaient le dos tourné. J'ai fait quelques efforts. J'ai planté des bulbes, je me suis assise à mon bureau, écrivant des lettres au lieu de travailler. J'ai décidé de redécorer mon cottage : ça montrerait que je n'étais pas dans l'inaction, j'aurais une excuse pour ne pas suivre ma routine habituelle.

« Vous vous y remettez ? »

La commerçante semblait désolée.

Je me suis forcée à passer devant le pavillon gris une fois par semaine. Le courrier n'était plus distribué que deux fois par semaine, on avait également réduit les levées. On m'a proposé plusieurs soirées, j'ai décliné les invitations, invoquant une surcharge de travail. Ils ont recommencé à me surveiller. Un matin, j'ai dévalé la pente vers la plage, je suis tombée et je me suis tordu la cheville.

« J'ai le droit d'exprimer ma douleur, maintenant, ai-je lancé, tandis que le docteur serrait le bandage.

— Une quinzaine de jours, a-t-il répondu.

— Ça fait mal ? » a demandé la commerçante.

Je me suis permis le luxe de m'effondrer complètement pendant deux jours, me déplaçant comme une aliénée au fil des heures, noyant mon esprit de vieux souvenirs, me lamentant sur le mur métaphorique de ma perte. Des voisins fouineurs sont passés, soi-disant pour s'enquérir de ma chute.

« La douleur, ai-je expliqué, est presque insupportable. »

Ils sont partis satisfaits, mais dubitatifs. C'est par ce genre d'excès que je me suis propulsée vers une forme d'éloignement. Une sorte d'hystérie contenue.

« Bonjour, mon amour », ai-je lancé au matin qui mettait fin à mes quinze jours de douleur autorisée.

Je me suis demandé quelle partie de mon anatomie serait la plus facile à esquinter sans trop de séquelles quand viendrait le besoin de me soulager en m'exprimant.

« Évitez les accidents à répétition, m'a conseillé le médecin. Ils s'y connaissent en psychologie. »

C'était un avertissement amical.

Tim a ramené Blanche et Gervase avec lui. Une bénédiction qui me permettrait de passer l'hiver.

« Nous formons un groupe, a expliqué Tim. Parfaitement acceptable. »

Nous en avons pleuré de rire.

« Il faudrait aller au pavillon gris », a dit Blanche.

J'ai ressenti comme un soulagement.

« Pas tout de suite, a-t-elle repris. Procédons avec prudence.

— Des visiteurs, à ce qu'on dit. »

La commerçante semblait navrée.

Gervase et Tim faisaient de longues promenades. Ils appelaient ça leur « gratte-tour ». Gervase posait les mains sur les murs de la tour, ses paumes irradiant leur chaleur vers la pierre. Avec un petit burin, Tim y laissait de légères marques. Plus profondes à chaque visite. Au bout d'un certain temps, il espérait que la lumière filtre au travers. Blanche l'exhortait à la prudence Nous avons entendu dire que Tessa avait été emmenée à la tour centrale de Londres, réservée aux incurables. Mon vieux voisin est mort. L'ancienne occupante des lieux, la femme, est revenue. Elle ne se souvenait pas de moi. Ils ne s'étaient pas beaucoup attardés sur elle : ses degrés de mémoire restaient très superficiels.

« Elle est redevenue normale, maintenant », a déclaré la commerçante.

Blanche s'est rendue au pavillon gris. Nous avons attendu son retour trois heures durant. Gervase a perçu la défaite en elle quand elle est revenue. Il l'a prise et bercée dans ses bras. Je suis sortie dans le jardin. Tim m'a suivie.

« Elle n'a pas réussi à passer. » J'avais envie de pleurer pour toujours. « Elle y est allée, a poursuivi Tim. C'est un début. »

Quand je suis rentrée, j'ai remercié Blanche de s'être déplacée.

« Prions pour que la lumière revienne », a-t-elle dit.

Le lendemain, Blanche a reçu une lettre. Elle ne me l'a pas montrée. Gervase a remis sa réponse au pavillon gris. C'était une invitation à les accompagner, quand ils retourneraient sur l'île. En fin d'après-midi, j'ai promené mon chien le long de la plage. Un brouillard marin dérivait dans les terres. Quand j'ai atteint la tour, Tim était là, adossé à la pierre. Une certaine tension dans sa posture a refréné l'instinct qui me poussait à le rejoindre en courant.

« Rentre chez toi, m'a-t-il dit. Tout de suite. »

Sur les rochers, derrière lui, j'en ai vu trois debout, leurs silhouettes à peine visibles dans le brouillard qui s'épaississait.

Tim a anticipé ma question.

« Les admissions volontaires sont autorisées.

— Pourquoi ? »

La terreur emplissait ma voix.

« Si on souhaite tout oublier », a-t-il répondu.

Mon esprit a saisi l'implication.

« Blanche estimait probable – possible – que cette solution vienne à l'esprit », a repris Tim.

Une certaine joie s'est mêlée à ma peur.

« Ce serait une sorte d'aveu.

— Oui, a dit Tim. Voilà pourquoi j'attends, et pourquoi tu dois rentrer chez toi. Il ne doit y avoir aucun rassemblement.

— Tu attends ? » Je me suis attardée sur ce mot. « N'est-ce pas dangereux ? Pour toi ? »

J'ai jeté un coup d'œil aux formes silencieuses postées sur les rochers.

« C'est un risque, a reconnu Tim. Je suis prêt à le prendre. Je pourrais échouer à lutter contre l'indécision. Un mot malheureux ne me laisserait aucune option. Le comité d'accueil derrière moi verra si j'échoue et s'occupera du reste. Voilà le risque. »

En m'éloignant, j'ai entendu des pas, amplifiés par le brouillard, qui se dirigeaient vers Tim et la tour. Mon chien a aboyé. Je me suis précipitée. Il n'y avait aucune lumière dans le pavillon gris, ni à l'extérieur ni à l'intérieur. Les stores étaient relevés. Je me suis rendue au magasin pour acheter des cigarettes.

« Il y a un autre volontaire, a déclaré la commerçante. Moi je dis toujours qu'il faut que ça sorte, a-t-elle ajouté en souriant. Une petite coupe, ça vous change un homme. »

De retour au cottage, j'ai tout de suite vu que Blanche savait ce qui se tramait.

« Nous devons avoir la foi, a dit Gervase, et l'amour. »

J'ai fermé les yeux et j'ai attendu le retour de Tim.

Une heure plus tard, il est rentré.

« Nous allons sur l'île, a-t-il lancé. Nous partirons à l'aube. »

Pas de questions.

« Ce ne sera pas simple, a commenté Blanche, mais c'est une avancée, une petite grâce.

— Une grâce pour les vivants », a ajouté Gervase.

J'ai tenu la main de Tim jusqu'à l'heure de leur départ.

Je les ai regardés s'éloigner dans la vive lumière matinale de l'automne. Ils ont pris l'embranchement à droite, vers le pavillon gris. Une touche de givre s'attardait sur les feuilles de mes roses. La mer éclaboussait la plage de grandes vagues blanches. C'était marée haute. Je me suis retournée vers le cottage et j'ai regardé d'un œil neuf chaque petit détail personnel. La tension m'a quittée. Il restait quelques possibilités.

« Bonjour, mon amour », ai-je lancé au jour naissant.

1975

Table

PAPIER À BASE DE FIBRES CERTIFIÉES

Le Livre de Poche s'engage pour l'environnement en réduisant l'empreinte carbone de ses livres. Celle de cet exemplaire est de :
350 g éq. CO_2
Rendez-vous sur www.livredepoche-durable.fr

Composition réalisée par PCA

Achevé d'imprimer en février 2023 en Espagne par
RODESA
Dépôt légal 1re publication : mars 2023
LIBRAIRIE GÉNÉRALE FRANÇAISE
21, rue du Montparnasse – 75298 Paris Cedex 06

75/8179/5